Friedrich Schmeding

Das Gemüth, ein psychologisch-pädagogischer Versuch

Antigonos

Friedrich Schmeding

Das Gemüth, ein psychologisch-pädagogischer Versuch

Unveränderter Nachdruck der Originalausgabe von 1868.

1. Auflage 2024 | ISBN: 978-3-38613-670-9

Antigonos Verlag ist ein Imprint der Outlook Verlagsgesellschaft mbH.

Verlag: Outlook Verlag GmbH, Zeilweg 44, 60439 Frankfurt, Deutschland, info@outlook-verlag.de
Vertretungsberechtigt: E. Roepke, Zeilweg 44, 60439 Frankfurt, Deutschland
Druck: Libri Plureos GmbH, Friedensallee 273, 22763 Hamburg, Deutschland

Jahresbericht

über das

Königliche Gymnasium,
die Realschule 1. Ordnung und die Vorschule
zu Duisburg,

womit zu der

öffentlichen Prüfung am 31. August und 1. September,

so wie zu der

Schlußfeier am 1. September 1868

die verehrlichen Behörden, die Eltern der Schüler und die Freunde der Anstalt

ergebenst einladet

der Director

Dr. Karl Eichhoff,

R. d. r. A. O. 4. Kl.

Nebst einer Abhandlung des Oberlehrers Dr. Friedr. Schmeding: „Das Gemüth. Ein psychologisch-pädagogischer Versuch.“

Duisburg,
gedruckt bei Joh. Ewich.
1868.

Das menschliche Gemüth.

(Ein pädagogisch-psychologischer Versuch.)

1.

Dem deutschen Pädagogen ist es eine in hohem Maße wohlthuende Erscheinung, daß seine Wirksamkeit auch außerhalb der Gränzen des Vaterlandes so erfreuliche Anerkennung findet. Mit Genugthuung lasen wir neulich in einer akademischen Rede Sybels, daß „die deutschen Universitäten in ganz Europa eines hohen Ansehens genießen" und „fort und fort als hohes Muster ins Auge gefaßt werden"; daß einer der berühmtesten französischen Professoren geäußert, „eine kleine deutsche Hochschule mit ihren linkischen Professoren und hungernden Privatdocenten leiste für die Wissenschaft mehr, als alle Reichthümer Oxfords"; daß ein englisches Parlamentsmitglied, einer der besten Kenner höherer Lehranstalten, öffentlich gesagt, „die deutschen Universitäten seien trotz aller ihrer Fehler in jedem Theile realer Wirksamkeit allen ähnlichen Instituten weit voraus". Und was nach dem Urtheile unserer Nachbarn unsere Universitäten würdig krönen, wird, wie sie eben so unzweideutig und einstimmig bezeugen, in unsern Secundäranstalten nicht minder würdig begonnen.

Als der Geheime Rath Wiese seiner Zeit seine bekannte Schrift über englisches Schulwesen herausgab, war er gewiß sehr geneigt, das Gute desselben anzuerkennen; aber, wie er gleich in der Einleitung sich zur warnenden Bemerkung veranlaßt sieht, „daß blinde Nachahmung in der Pädagogik nicht minder verderblich ist, als in der Politik," so hat er sich im weitern Fortgange ebenfalls stets historisch gehalten. Selbst in dem, was ihm sichtlich am meisten am Herzen liegt, die tiefere Bildung des religiösen Bewußtseins und kräftigere Entwicklung des Nationalgefühls, hören wir höchstens einen gelegentlichen Wunsch, aber zu einer entschiedenen und direkten Aufforderung zur Herübernahme des Fremden, oder zur Angabe der für eine Herübernahme geeigneten Mittel schreitet er, vorsichtig, nicht fort. Anders der geistreiche, gelehrte und urtheilsfähige Professor Villari in Florenz und Herr Matthew Arnold dem deutschen Schulwesen gegenüber. Der Erstere klagt das ganze italiänische Schulwesen der Unreife (inesperienza) an und hält nöthig, „daß man sich ernstlich an die Reform des öffentlichen Unterrichts gebe und daß man ihn nach allen Richtungen hin bessere; daß alle, Schüler, Professoren und Regierung alles daran setzen, um auf neue Wege zu kommen," und „daß es zu diesem Zweck nützlich sei zu sehen, wie andere Nationen es machen." Unter diesen ist namentlich die deutsche, die Aufmerksamkeit verdient, da sie „die Studien mit einem Erfolge betreibt, den ganz Europa bewundert". Und von der Correctur der Hefte in den untern Gymnasialklassen bis zum Examen nach vollendeten Universitätsstudien findet Herr Villari dann nach seiner eingehenden Beobachtung Vieles, was er seinen Landsleuten empfehlen kann. *) Aehnlich hat

---

*) Zu seiner in diesen Tagen erschienenen Schrift: Scritti Pädagogici, Firence. Paravia. Via Ghibellini.

Herr Matthew Arnold, der seine Urtheile über preußisches Schulwesen so eben in einer Arbeit, Schools and Universities on the Continent (London, Macmillan), niederlegte, das Nationalgefühl seiner Landsleute etwas verletzt, indem er in den Secundär-Schulen Englands eine Menge Wunderlichkeiten und Auswüchse sieht, „deren man sich so bald als möglich entledigen muß," und es würde ihn offenbar freuen, wenn das gegenwärtige System abgethan und ein neues, wenn auch nicht gerade ganz, doch vielfach nach preußischem Muster eingerichtet, eingeführt würde.

Freilich, als der gewaltige Rector von Rugby, als Thomas Arnold starb, schien es fast, als ob unser Nachbarland, wenn auch im Ganzen auf pädagogischem Gebiet gegen uns zurück, doch in einzelnen Schulmännern uns übertreffe. England gab damals durch seine Trauer ein herzerquickendes Beispiel, wie ein großes Volk einen großen Pädagogen zu ehren weiß; Tom Brown und Richard Stanley setzten dem Geschiedenen Denkmäler, die nicht bloß der trauernden Verehrung ihrer Landsleute Ausdruck gaben, sondern auch nach Deutschland herüber ragten, und hier nicht minder wie im Vaterlande in der Brust jedes ernsten Schulmannes warme, rückhaltlose Bewunderung weckten. Es ist wahr, so ehrt Deutschland seine Schulmänner nicht, — kann sie aber auch so nicht ehren; schon deßwegen nicht, weil solchem Cultus der Gegenstände zu viel geboten würden. Indeß, wenn ein Schlosser dem Rector Voß eine Grabrede hält, wie er sie gehalten; wenn Claffen über Jacob und Langbein über Mager schreiben, wie sie geschrieben; wenn Friedrich Breier, dreißig Jahre nachdem er die Schule verlassen, seinem frühern eutiner Director König einen Nachruf widmete, wie er that; wenn Oldenburg beim Tode seines Directors Bartelmann trauert, wie es trauert; — jener reichen Zahl von Pädagogen nicht zu gedenken, deren Lebensbilder zu zeichnen das pädagogische Archiv in dankenswerther Bemühung unternommen; — wenn alles dies unter unsern Augen geschieht, so sind das Zeichen genug, daß überall in deutschen Landen Schulmänner leben, die, indem sie still und „verborgen in Gott" ihres Amtes warten, zugleich verstehen, in den Herzen und Gemüthern ihrer Schüler und ihrer Umgebung Keime warmer Liebe und dauernder Achtung zu pflanzen; die in Hingebung an ihren Beruf, an wissenschaftlicher Tüchtigkeit, an frischem, reinem, idealem Streben, an praktischem pädagogischem Takte dem großen Engländer nicht nachstehen, und die nur darum nicht in der Weise wie er die Aufmerksamkeit der ganzen Nation auf sich ziehen, weil es ihnen unmöglich war, einen solchen Abstand zu begründen zwischen dem, was sie vorfanden und zurück ließen.

Nachdem Deutschlands Bewohner so lange ein Fegopfer fremder Nationen gewesen, nur gut, um als Träumerschaar (set of dreamers) verspottet zu werden, wird man wol nicht übel deuten, wenn die einzelnen Glieder des Volks, jedes so viel an ihm ist, sich freudig deffen bewußt werden, was sie in der Stille in ihrer Mitte erreicht, und sich dadurch anspornen lassen, mit um so größerer Frische auf dem betretenen Pfade fortzuschreiten.

Beeilen wir uns denn anzuerkennen, daß auch dies in hohem Maße nöthig und daß auf pädagogischem Gebiet noch mancher Lorbeer zu erwerben ist. Haben wir rückhaltlos in freudigem Selbstgefühl anerkannt, was wir erreicht, so wollen wir eben so rückhaltlos das nennen, was wir als unser Hauptgebrechen ansehn; ein Gebrechen, an dessen Abhülfe nach unserer Meinung die Lehrerwelt aller Länder ihre Hauptkraft setzen sollte, zu dessen Heilung aber vielleicht die deutschen Pädagogen besonders berufen sein dürften: Unsere pädagogische Arbeit entbehrt der wissenschaftlichen Begründung.

Als der an glühender Begeisterung und uneigennütziger Hingabe für seinen Beruf unübertroffene Pestalozzi am Ende seiner Laufbahn stand — so erzählt er selbst in seiner Generalbeichte in „Meine Lebensschicksale als Vorsteher meiner Erziehungsinstitute in Burgdorf und Ifferton", kein ganzes Jahr vor seinem Tode, — wurde er einmal um den Kern seiner pädagogischen Grundansicht gefragt. „Ich verstehe mich selbst nicht mehr," antwortete er; „wenn ihr wissen wollt, was ich denke und will, müßt ihr Herrn Niederer fragen." Wir glauben nicht Unrecht zu haben, wenn wir dieses Bekenntniß Pestalozzi's dem ganzen Lehrerstande, ja ihrer ganzen Wissenschaft aneignen: die Pädagogen haben von ihrem Thun kein Wissen; die Pädagogik ist keine Wissenschaft.

Freilich, mit großer Scrupulösität, mit feinem Scharfblick, manchmal mit colossaler Gelehrsamkeit bemühen wir uns, in unsern sachlichen Lehrstoff einzudringen und ihn zu umfassen. So wie sich auf diesem Gebiete irgend eine beachtenswerthe Erscheinung zeigt, sei es eine Ausgabe eines classischen Werks oder eine Novität auf naturhistorischem Gebiet, wir ruhen nicht, bis wir uns zum Herrn derselben gemacht und sie unserm Wissensschatze, vielleicht auch, wenn irgend thunlich, dem Lehrgange unsers Schulpensums organisch eingereiht haben. Aber ein wissenschaftliches Erfassen der Zustände, Thätigkeiten und Vorgänge, die wir durch unsere Arbeit in den Seelen unserer Zöglinge hervorrufen, versuchen wir kaum, oder bleiben auf der Oberfläche. So ist denn auch in allem, was damit zusammenhängt, namentlich in allen Fragen betreffs der Methode ein solcher Wirrwarr, daß es geradezu beschämend ist, und daß der Ausdruck Sachverständiger sich fast wie Hohn ausnimmt. Die dahin gehörigen Erörterungen werden mit solcher Ungründlichkeit geführt, daß kaum irgend welcher Fortschritt dadurch angebahnt wird; sie werden in einer Weise beigelegt, daß nicht die geringste Gewähr ihrer einstigen Nichtwiederkehr gegeben ist. Wir sprechen vom „Schärfen“ und „Erleuchten“ des Verstandes, von der „Beruhigung erschütterter“, von der „Erwärmung kalter“ Gemüther; vom „Wecken“ des Gewissens; von der Nothwendigkeit, „die empörten Begierden unter die Herrschaft der Vernunft zu bringen“; von einem „Baden der Seele“ in der „Luft des klassischen Geistes“; von einer „Provinz im Gemüthe, die die Religion bewohnt“; aber wir merken kaum, daß wir die Sprache der Poesie, nicht aber die der Wissenschaft reden. Wir freuen uns des geistreichen Einfalls, wenn wir von Jean Paul den Witz als „einen gewissenlosen verkleideten Priester dargestellt sehen, der, ohne sich um sein Recht darauf zu kümmern, jedes Paar copulire“; aber es entgeht uns, daß für die Wissenschaft nichts gewonnen ist, wenn, wie die Levana dies immer thut, ihre Probleme in poetischer Weise erfaßt werden, und daß wohl die Vertreter aller andern Wissenszweige lächeln würden, wenn Jemand versuchen wollte, auf ihrem Gebiete mit Ausdrücken solcher Art einen Vorgang in seinem Wesen zu bezeichnen.

Würde solches Jemand im Ernst von uns Pädagogen fordern, so würden wir kein Mittel sehn, als uns gewandt hinter Redensarten zurückziehn von der „Tiefe“, der „Unergründlichkeit“ und der „Complicirtheit“ der Menschenseele; vom „mystischen Dunkel“, in welchem die psychischen Proeesse vor sich gehn; vom „Geheimnißvollen der Werkstatt des menschlichen Geistes“ und was dergleichen mehr ist. Mit einem Worte: Unsere pädagogischen Leistungen kommen höchstens denen jener mittelalterlichen Bauern gleich, von denen uns Jacob Grimm erzählt, daß sie vor 600 Jahren bloß durch Tact und Sprachgefühl mit großer Vollkommenheit und Sicherheit Feinheiten der Sprache unterschieden, die jetzt längst nicht mehr vorhanden, daß sie aber kein Bewußtsein von denselben hatten.

Das dem sprudelnden frischen Urquell mittelalterlicher Bauern und Sänger Entflossene, die Schöpfungen der gewaltigen Dichtungen der Neuzeit und alle andern bedeutenden Offenbarungen des schaffenden Sprachgeistes sind zu einer Sprachwissenschaft zusammengeflossen, die gewaltig und ehrfurchtgebietend dasteht und regelnd auch die weitern Sprachentwicklungen leitet. Das dem feinen Tact jener gottbegabten eigentlichen Schulmeister Entflossene liegt einstweilen da als rohes, zerstreutes, von der Wissenschaft unbenutztes psychisches Material. Daneben aber liegt eben so reich, aber auch eben so zerstreut und unbenutzt das in Dichtungen, Selbstbekenntnissen, Briefsammlungen, Reisebeschreibungen ꝛc. Niedergelegte und das nicht minder Bedeutsame und nicht minder Unbenutzte aus Schwurgerichtssälen, Irrenhäusern und Gefängnißzellen. Sollte nicht für die Pädagogik auch einmal eine Morgenröthe hereinbrechen, in welcher alles dies reiche psychische Material zu einer Psychologie als Wissenschaft verarbeitet würde, die regelnd auch die pädagogische Thätigkeit durchdränge?

Das ist es, was wir von der Zukunft der Pädagogik hoffen, was ihr jetzt noch fehlt, und das ist der Mangel, den wir als ihr Hauptgebrechen bezeichnen möchten: die Pädagogik bedarf und harrt einer Begründung durch wissenschaftliche Psychologie.

2.

Aber ist eine solche Begründung der Pädagogik durch Psychologie möglich? Ist es möglich, daß eine Wissenschaft, deren erste Bemühungen sich mit dem: „Erkenne dich selbst!" in das Dunkel der Orakelzeit verlieren, noch einmal zu nennenswerther Klarheit komme, nachdem sie Jahrtausende vergeblich gearbeitet? Freilich, wir haben wohl Beispiele von andern Wissenschaften, die auch, nachdem sie Jahrhunderte vergeblich rangen, plötzlich, nachdem sie einmal auf den richtigen Weg gebracht waren, in nie geahnter Raschheit zur Entwicklung gelangten. Sehen wir doch noch vor hundert Jahren die Wissenschaft, die jetzt allen zur Vorleuchterin geworden, die Chemie, einen Rang einnehmen, der ihre künftige Bedeutung gewiß nicht erwarten ließ. „Einige machten keinen Unterschied" erzählt Lord Brougham in seinen Lives of Men of Letters and Science who flourished in the time of George III, bei Gelegenheit der Biographie Blacks, „Einige machten keinen Unterschied zwischen Chemikern und Quack„salbern, welche den Stein der Weisen suchten; Andere hielten Jeden für einen Chemiker, welcher zur „Bereitung von Parfümerieen oder Farben einen Destillirofen habe; noch Andere hielten dafür, daß die „ganze Kunst in der Bereitung von Apothekerwaaren bestehe. Ihre Producte sind Alchymie, Metallurgie, „natürliche Magie und Chemie im engern Sinne des Wortes d. h. Feuerwerkerkunst und Färbekunst." Aber dürfen wir solche Hoffnungen auch für die Psychologie wagen? Ist nicht ihr Material viel zu flüssig und flüchtig, als daß man es sollte bannen und beobachten können, wie etwa ein Chemiker das seine? Ist unsere Auffassung desselben auch nur annähernd vollkommen genug? Ist es in genügendem Reichthum, in genügender Lückenlosigkeit vorhanden? Haben wir für die Bearbeitung desselben etwas, das annähernd jene Hülfsmittel (Vergrößerungsgläser, Experimente) ersetzt, die auf naturwissenschaftlichem Gebiete so gewaltige Erfolge begründet haben? Sind die Bedingungen, die wir für die Unterlegung der Hypothesen zur Erklärung dieser Phänomene brauchen, einigermaßen Aussicht spendend? Mit einem Worte: Hat die Psychologie irgend welche Hoffnung, zu wissenschaftlicher Bedeutung zu gelangen?

„Nein," antwortet Cuvier. „Vielleicht," sagen Mignet und Whewell. „Ganz unzweifelhaft," antwortet Beneke.

„Die wahre Metaphysik hat neuerdings gezeigt," sagt Cuvier, „daß es für die denkende Substanz unmöglich ist, ihre Natur zu erkennen, wie es denn dem Auge unmöglich, sich zu sehn, weil sie zu diesem Zweck aus sich heraus gehen müßte, um sich zu betrachten, und mit andern Wesen zu vergleichen." „Man muß nicht erstaunen," bemerkt Mignet in seinem „Eloge du Comte Roederer", „daß die Wissenschaften, welche sich auf den Menschen beziehen, verwickelt wie seine Fähigkeiten, mannichfach wie seine Beziehungen, ausgedehnt wie die Phasen seiner langen Geschichte, in allen Zeiten erforscht und noch in unserer Zeit nicht festgestellt sind. Die unsterblichen Beobachter des Himmels und seiner regelmäßigen Erscheinungen sind uns kaum um einige Generationen vorangegangen, mehrere haben sogar unter uns gelebt. Die Begründer der Physik und Chemie sind fast unsere Zeitgenossen. Die hohe Theorie und die großartige Geschichte der Erde haben zu unserer Zeit begonnen und werden unter unsern Augen fortgesetzt. Die Wissenschaften, welche die Gesetze der Menschheit selbst zum Zweck haben und nicht mehr bloß die Materie, waren ihrer Natur nach berufen, den übrigen zu folgen." Und ähnlich bemerkt Whewell am Schlusse seiner „Geschichte der inductiven Wissenschaften," daß sich die inductive Methode auch auf das Leben der Seele anwenden lasse.

Aber das, was der große Historiker und der große Naturforscher nur ahnen, wird bei Beneke zur Gewißheit. Indem er jene oben gestellten Fragen einer eingehenden Beleuchtung unterzieht, die günstigen und ungünstigen Seiten der Psychologie andern Zweigen der Naturwissenschaft gegenüber gegen einander abwägt, kommt er schließlich dahin, glaubensvoll und besonnen auf eine Zukunft zu hoffen, in welcher die Psychologie nicht bloß als Grund und Lebensquell aller philosophischen Disciplinen, der Ethik, Logik, Metaphysik und Religionsphilosophie werde anerkannt werden, sondern auch einen erfrischenden belebenden Hauch durch die practischen Lebensverhältnisse senden könne, von dem man noch jetzt keine Ahnung habe; auf einen Bau hinzuweisen, dessen Herrlichkeit und Pracht alles überragen werde, was andere Wissenschaften aufzuweisen vermögen.

Sind das die Hoffnungen eines von der französischen Akademie verlachten Fulton, eines von der englischen Aristokratie verhöhnten Stephenson? — oder sind es die Champagnerträume depossedirter Fürsten in Hietzing? Sind es Zeugnisse von Deutschlands philosophischem Wahnsinn*) — oder Ausflüsse jener platonischen μανία, „die als göttliches Geschenk von oben kommt und wodurch uns die größten Dinge werden? **)

Die vorliegenden Bemerkungen müssen sich versagen, eine eingehende Antwort auf die Frage zu begründen und dafür auf das Studium der Benekeschen Schriften verweisen. Aber sie werden sich nicht ersparen können, einige kurze historische Andeutungen über die Stellung und die Aussichten der Psychologie einzuschalten.

Es ist bekannt, daß vom Mittelalter her eine Methode zur Bereicherung der Wissenschaft benutzt wurde, die von Thatsachen absah und meinte, ohne dieselben, rein durch Verknüpfung von Begriffen zu Resultaten gelangen zu können. Es war die Methode der Speculation. Man kann fast nicht ohne Rührung ansehen, wie Leute von der Begabung, dem Scharfsinn und dem Ernste jener großen Scholastiker sich in den dürren unfruchtbaren Begriffsspaltereien dieser Methode abmühen, ewig sich abarbeitend, ewig sich bewegend und nie vorwärts kommend, immer angestrengt aber immer resultatlos. Erst von dem Zeitpunkte datiren die Fortschritte in den Wissenschaften, wo man von dieser Methode absah und eine andere einschlug, wo es dem Menschen gelang, eine ausgedehntere Reihe genauerer und sicherer Thatsachen in sein Bereich zu bringen und diese seinen Erkenntnißkräften gemäß zu bearbeiten, wo man statt der Methode der Speculation die Methode der Induction anwandte. Es ist eben so bekannt, daß England es ist, dem in seinem Baco von Verulam die Ehre gebührt, die Welt von dieser speculativen Methode befreit und jene Fortschritte angebahnt zu haben, die die Naturwissenschaften heute so bedeutsam, so fruchtbringend, so tief eingreifend machen. Wie jener große Gesetzgeber des alten Bundes auf seiner einsamen Höhe über allem Volk erhaben, so steht der große Denker Englands da; hinter sich jene Wüste dürren Sandes und bittern Wassers öder scholastischer Speculation, die Wüste, in der mehrere Generationen sich immer bewegten ohne jemals fortzuschreiten; vor sich jenes fruchtbare Land der von den Naturwissenschaften eroberten Zukunft. Freilich wurde sein Weg wohl einmal wieder verlassen, — haben doch selbst Leute wie Kepler und Faraday's Lehrer Davy noch speculative Anwandlungen, wie ihre Tagebücher berichten; — aber im Ganzen und in der Hauptsache stand für den Erwerb der Naturwissenschaften diese Methode unerschütterlich fest. Indeß von da bis zur Anwendung der Methode auf die Phänomene der geistigen Welt war noch ein gar weiter Weg. Freilich zeigt sich wol bei Baco eine Ahnung, daß sie möglich sei. „At nos certe de universis haec quae dicta sunt, intelligimus" heißt es im Novum Organon. „Atque quemadmodum vulgaris logica quae regit res per syllogismum, non tantum ad naturales, sed ad omnes scientias perti-

---

*) Mackintosh an Dugald Stewart „Germany is metaphysically mad."

**) δε τὰ μέγιστα τῶν ἀγαθῶν ἡμῖν γίγνεται, θεία μέντοι δόσει διδομένης. Phädrus Cap. 22.

net; ita et nostra, quae procedit per inductionem, omnia complectitur. Tam enim historiam et tabulas inveniendi conficimus de ira, metu, verecundia et similibus." Aber bei dieser Ahnung bleibt es auch. Der große Philosoph hatte vom Berge aus ein gesegnetes Land gesehn, — aber ein schöner, vielleicht der bedeutsamste Theil, war auch für ihn in Nebel gehüllt. Das psychische Material war noch nicht für die Verarbeitung genügend vorbereitet, man hatte in den Hypothesen zur Lösung der Probleme zu sehr fehlgegriffen, als daß man zu bedeutsamen Resultaten hätte gelangen können. Obwohl die inductive Methode erfunden war, blieb sie in der Anwendung zunächst auf die äußere Natur beschränkt.

Frankreich gebührt in seinem Descartes das Verdienst, für die geistige Welt zuerst die richtige Stellung gefordert zu haben. Dieser war es, der darauf hinwies, daß die Gewißheit, die wir von unserer Seele und ihren Thätigkeiten haben, eine unmittelbarere und fester begründete ist, als irgend eine andere; daß alle übrige Gewißheit, auf welche wir Anspruch machen wollen, erst auf jene zurück geführt werden müsse. Aber so sicher diese Wahrheit im Allgemeinen bastand, im Einzelnen war die Feststellung und Verarbeitung der Thatsachen des Seelenlebens mit zu viel Schwierigkeiten verknüpft. Es fand sich einstweilen kein Genie, um die einmal angenommenen falschen Hypothesen zu durchbrechen. Immer auf's Neue versuchte man es wieder mit jener Speculations-Methode, statt ruhig die Zeit abzuwarten, die für den Erwerb der Thatsachen und für die der Natur des menschlichen Erkenntnißvermögens angemessene Verarbeitung derselben nöthig ist, und so blieben noch immer die Bemühungen, diese Wissenschaft zu reformiren, trotz des durch Frankreich angebahnten Fortschritts erfolglos.

Indeß in jeder Wissenschaft kommen Epochen, wo sich das Bedürfniß einer Reform zu solcher Höhe emporschwingt, daß man ihm nicht länger widerstehen kann. So war es mit der Theorie der Epicyklen bei der Berechnung der Bewegung der Himmelskörper; so mit der Theorie der fuga vacui bei der Construction von Toricelli's Brunnen; so mit der Theorie vom Phlogiston bei Lavoisier's Verbrennungsproceß, und es erfolgten Reformen; — die Reform der Astronomie im 16ten, die der Physik im 17ten, die der Chemie im 18ten Jahrhundert, und dieser Reform hat sich die Psychologie im 19ten Jahrhundert angeschlossen.

Sie war in der That nothwendig.

Das Material hatte sich unendlich erweitert. Neue Völker waren entdeckt und damit neue Seiten des Lebens der Seele eröffnet; in Selbstbiographien, Selbstgeständnissen, Briefsammlungen, Memoiren, in Romanen, Dramen und Novellen, in Gerichtssälen und Gefängnissen war eine solche Menge psychischer Thatsachen an's Licht gekommen, daß es nicht länger möglich war, sich mit jenen allgemeinen und roh geformten Hypothesen zur Erklärung derselben genügen zu lassen. So ungenügend sich einst die Theorie der Epicyklen, des Phlogistons und der fuga vacui auf dem Gebiete der äußern Natur erwiesen, so ungenügend erwiesen sich auf dem Gebiete der innern die Theorien von der angebornen Naschhaftigkeit und dom angebornen Verstande, von der angebornen Seiltänzerfertigkeit und vom angebornen Gewissen, vom angebornen Gerechtigkeitsgefühl und vom angebornen freien Willen, von der angebornen Neigung zum Classenprimus bei Schülern und vom angebornen Lehrtalent bei Erziehern: — Die alte Psychologie mußte fallen.

Deutschland war es aufbewahrt, das von England und Frankreich begonnene Werk zu krönen. Zwei Deutsche nämlich, Beneke und Herbart, begannen, von verschiedenen Richtungen her kommend, diese rohen Hypothesen, nach denen man bisher geistiges Leben erklärt hatte, zu stürzen. Der Eine der Reformatoren jedoch, Herbart, scharfsinnig und kräftig wie er war, hatte nicht Kraft genug, sich ganz vom speculativen Wesen seiner Zeit los zu machen, und Beneke blieb auf seinem Wege allein. Jedoch seine Ansichten waren so neu, sie standen so sehr im Widerspruch mit dem bisher Angenommenen, die Zeit, von Materialismus und Speculation getränkt, lag dem ganzen Untersuchungsgebiete und der

Untersuchungsmethode so fern, daß sie noch nicht in dem Maße, wie es zu wünschen gewesen wäre, durchgegriffen haben.

Indeß es stehet geschrieben: „An ihren Früchten sollt ihr sie erkennen." Und Inter signa nullum magis certum aut nobile est quam quod ex fructibus. Fructus enim et opera inventa pro veritate philosophiarum velut sponsores et fidejussores sunt, sagt der Begründer der neuern Philosophie. *) Alles jenes wichtige Material, das ein Pestalozzi und mit ihm so viele Andere in glühender Begeisterung in der Kindheit der Pädagogik entdeckten; alle jenen Winke, mit welchen der geistreiche Jean Paul, der scharfblickende Herbart, der sein eingehende Niemeyer, der kenntnißreiche, wohlwollende Schwarz und so viele Andere im Anfange des Jahrhunderts jenes Material vervollständigten, — Beneke hat daraus als Frucht seiner philosophischen Anschauungen eine Pädagogik geschaffen, von der einstimmig anerkannt wird, daß sie alles bisher Dagewesene weit hinter sich läßt; ja von der man sagen könnte, daß eine Pädagogik als Wissenschaft erst von ihrem Erscheinen datire. Sollte nun der Baum, der solche Frucht getragen, in seiner Wurzel schlecht und faul sein können? Sollte das psychologische System, dem solche Ansichten entflossen, grundfalsch sein können? Beneke ist nicht müde geworden, unablässig bittend und flehend und Aussicht spendend die practischen Pädagogen zum Ausbau seines Systems aufzufordern. „Am Eingange der Rennbahn stehend," vermochte er „nur hinzuweisen auf den Siegerkranz, der aus weiter Ferne verheißend herüberwinkt." Er hat wiederholt ausgesprochen, „daß eine umfassende und in allen Theilen sicher begründete Naturlehre der menschlichen Seele nicht durch einen Einzelnen begründet werden könne, wie begeistert und mit wie großer Anspannung aller Kräfte auch derselbe thätig sein möge; daß „das Ziel nur nach einer Reihe von Jahren durch eine große Anzahl scharf beobachtender und zergliedernder Männer erreicht werden könne." Aber nur Einzelne haben auf seine Worte gehört Noch immer sind Zeit und Stunde den Untersuchungen auf geistigem Gebiete nicht günstig, und im Gewoge der materiellen Zeitströmung läßt sich einstweilen kein kräftiges und nachhaltiges Interesse für sie gewinnen. Dennoch aber hofft eine kleine Schaar unzweifelhaft, daß ihre Zeit einmal kommen werde, und dann, denkt sie, wird auch die Nachwelt dem großen Todten zahlen, was die Mitwelt ihm schuldig blieb.

3.

Auf den ersten Anblick könnte es scheinen, daß man, um sich über das **Gemüth** und die mit demselben zusammenhängenden psychischen Erscheinungen Aufklärung zu verschaffen, keinen bessern Weg gehen könnte, als sich an die **Sprache** zu wenden. Das Gemüth hat im Leben der Seele eine so bedeutsame Rolle, die mit demselben in Verbindung stehenden Erscheinungen kehren so häufig wieder, daß von vorne herein undenkbar ist, sie sollten den Beobachtungen des gewöhnlichen Lebens entgangen sein und daß sich nicht das Bedürfniß sollte heraus gestellt haben, dieselben in die Sprache niederzulegen.

Es sind denn auch, namentlich in pädagogischen Zeitschriften, wiederholte und immer erneute Versuche gemacht, das Wesen des Gemüths im Anschluß an sie zu erklären. Einer der interessantesten, gewissermaßen Repräsentant vieler anderer, wurde im Jahr 1844 zur Zeit des Pestalozzi-Jubiläums vom Alt-Landammann Schindler in Zürich veranlaßt. In gewisser Weise in Opposition zu den Huldigungen, die sein großer Landsmann erfuhr, schrieb er eine Preisfrage aus: Wie kann der Unterricht in der Volksschule von der abstracten Methode emancipirt und für die Gemüthskräfte fruchtbar gemacht werden? Zur Beantwortung derselben erschienen eine große Menge Schriften. Alle predigten eine radikale Reform des Unterrichts; alle schalten über „die Rohheit inmitten der Kultur," wo „die Verstandeskräfte über die gemüthlichen das Uebergewicht erlangten," „wo die Naturfrische und Innig

---

*) Novum Org. I. Aphor. 73.

keit des Gemüths in der scharfen Verstandesluft vertrockne" und „im abstrahirenden Denken das Herz kalt werde." — Alle erwarteten, daß eine gründliche Gemüthsbildung aus jener Kalamität erlösen sollte. Als sie nun aber im Anschluß an die Sprache des Lebens erklärten, was sie unter Gemüth verstanden, sah man sich in einer wunderbaren Verwirrung. Es ist „die Empfindung," sagte der Erste; es ist „das Physische," sagte der Zweite; es ist „das Sinnliche," antwortete der Dritte; und weiter hörten wir, es ist „das Gefühl," es sind „die Ideen" und „das Herz" und „das Aesthetische in Verbindung mit der Phantasie" und „der Glaube" und „die substantielle Einheit der geistigen Functionen" und „die sittliche Gesinnung." Und natürlich waren die Resultate für die Praxis eben so vag und steril, als die Theorie verwirrt und ungründlich gewesen. Das Rechnen und die Geometrie sollten, wenn nicht ganz zur Seite geschoben, doch auf das fürs Leben nothdürftige Maß beschränkt, nicht mehr nach Noten gesungen, im naturhistorischen Unterricht das Characteristische nicht mehr durch genaues Beobachten und Zusammenfassen der Merkmale gefunden, die Geschichte nicht mehr im Zusammenhang vorgetragen werden. Das war alles zu verstandesmäßig. „Warme gemüthliche Biographieen der Thiere," „Lebensbilder einzelner Heroen, welche als Impulse zur Liebe und Bewunderung" dienen können, namentlich aber „Legenden" sollen an die Stelle treten. Mit einem Worte, es zeigte sich ein solcher Wirrwarr von Meinungen in Theorie und Praxis, daß vielleicht schwierig gewesen wäre, ein besseres Beispiel zu jenen oben aufgestellten Behauptungen *) zu finden. Gewiß, man hätte die Zöglinge tief beklagen müssen, deren Entwicklung in die Hände so verworrner Bildner gelegt wurde, wenn nicht zu hoffen stand, daß der practische Tact die so sehr empfindlichen Lücken des wissenschaftlichen Bewußtseins füllen würde.

Versuchen wir es nun, nachdem wir uns für die Lösung unsers Problems bei den practischen Pädagogen vergeblich umgesehn, ob wir bei den Gelehrten, die ihre Untersuchungen auf die Sprache des gewöhnlichen Lebens gründen, genügendere Auskunft erhalten.

Zu Anfang unsers Jahrhunderts, wo alles Psychische noch mit Wolf und Cartesius als aus dunklen Vorstellungen oder aus dem Begehrungsvermögen kommend angesehen wurde, war das Gemüth in gewisser Weise ein unentdecktes, in Nebel gehülltes Land. „Gemüth" bezeichnet „das innere Principium des Menschen von Seiten seines gesammten Begehrungsvermögens, des vernünftigen und sinnlichen, und dadurch unterscheidet es sich sowohl von Geist als von Seele", sagte Eberhard 1802. Das „Gemüth" ist „das gesammte Begehrungsvermögen des Menschen, sowohl das vernünftige als das sinnliche", sagte Campe 1808. Und Adelung hatte etwas früher bemerkt (1796) das Gemüth ist „die Seele in Ansehung der Begierden und des Willens, so wie sie in Ansehung des Verstandes und der Vernunft oft der Geist genannt wird."

Das hieß aber doch eine solche Reihe von nicht auf Erkennen und Begehren zurückführbarer Manifestationen des Seelenlebens unbeachtet lassen, daß dagegen Widerspruch zu erwarten stand. So erhob sich unter Andern Schleiermacher, der für „die Provinz im Gemüthe, in der die Religion ihren Sitz hat," eine ganz entschiedene Sonderstellung reclamirt, eine Stellung, die in einem Gegensatze steht sowohl mit dem Intellectuellen, als dem Ethischen. „Die inneren Erregungen und Stimmungen," „die einzelnen Entladungen himmlischer Gefühle, die sich zeigen, wenn das Feuer ausströmt aus dem überfüllten „Gemüth," „die Wärme-Erzeugung, die erfolgt, wenn das Gemüth sich dem Weltall hingiebt," — alles dies ist für ihn ganz etwas Anderes, einerseits als „die Lehrgebäude der Theologen, die nichts Anderes sind, als Kunstwerte des berechnenden Verstandes" und „die Theorieen vom Ursprung und Ende der Welt, wobei Alles auf kalte Argumentation hinausläuft," und andrerseits als „das menschliche Handeln und Hervorbringen in seiner Bestimmtheit" „und die Sittlichkeit, die ganz am Bewußtsein der Freiheit hängt." **)

*) S. 3. Wirrwarr, daß es geradezu rc

**) Aussprüche aus seinen „Reden über Religion."

So haben sich denn auch neuere Erklärer des Gemüths denen zu Anfang des Jahrhunderts nicht angeschlossen und die Angaben Jener modificirt. Wir hören jetzt: „das Gemüth ist das sinnlich = geistige Princip im Menschen, als der lebendige Inbegriff aller Seelenvermögen (Weigand 1852); es ist „die subjective Wurzel aller Seelenthätigkeiten, das Vermögen zu erkennen und zu begehren"; es hat namentlich „zwei Quellen der Erkenntniß, die Receptivität der Eindrücke und Spontaneität der Begriffe, Sinnlichkeit und Verstand." (Deinhardt 1860.) Aber wir hören auch, daß es die Seele ist nur in Bezug auf ihr Gefühl und Wollen, daß es nur die Bezeichnung des innern Gefühls und dessen Kundgebungen ist, die dem Denk= und Erkenntnißvermögen ausdrücklich entgegen gesetzt werden. (Sander 1863). Es ist „die Welt der Anschauungen, der Gedanken, Erinnerungen und Erfahrungen, die das objective Material des Selbstbewußtseins ausmachen; freilich nicht, sofern sie als bloßes Object im Menschen getragen werden, sondern sofern sie Gefühlssache geworden." (Deinhart.) Es ist „der Character, der mit seiner Wärme die Welt in sich und sich in der Welt vernimmt, was ihm zur Schneide die Innigkeit giebt (Vischer). Es „ist eine dunkle Macht, die mit ihren Spitzen in das Licht des Bewußtseins herein reicht, die aber auch weit hinter das volle Selbstbe= wußtsein zurückgeht, die wir bald auch das sittliche und religiöse Gefühl, bald Gewissen, bald das sittliche Bewußtsein nennen — Ausdrücke, die dasselbe bezeichnen" (Späth, Welt u. Gott S. 7).

Einer der neuern Bearbeiter psychischer Phänomene, Dr. Julius Bahnsen *), ist der Ansicht, daß es zu einer völlig adäquaten Definition nicht zu bringen sei. Er sucht daher „auf dem Wege der bloß limitirenden Methode das mögliche Approximative wenigstens genau zu eruiren," „schlägt Umwege ein, die sich den Zickzacklinien, den Laufgräben einer Festung vergleichen lassen," und kommt dann zu folgenden Resultaten, die Licht über das Wesen des Gemüths im Verhältniß zum Sinn werfen sollen: Der Sinn ist lauter, das Gemüth rein; der Sinn ist gläubig, das Gemüth religiös; der Sinn tolerant, das Gemüth duldsam; der Sinn erkenntlich, das Gemüth dankbar; der Sinn feige, das Gemüth scheu; der Sinn ängst= lich, das Gemüth furchtsam; der Sinn nobel, das Gemüth edel; der Sinn erträgt, das Gemüth duldet 2c. 2c. Das geht so zwei Druckseiten weiter fort. Ob durch solche Methode Licht über die genannten Fra= gen verbreitet ist, wollen wir dem Leser zu beurtheilen überlassen und statt dessen von einem Fremden schließlich zusammenfassend hören, wie sie uns verstehn, wenn wir vom „Gemüth" sprechen. „Der deut= sche Geist", sagt der geistvolle Prof. Villari — in jenen schon genannten Artikeln über deutschen und italiänischen Secundärunterricht —, „weidet und freut sich an einer gewissen nebelhaften Ungewißheit und Unbestimmtheit, in welcher uns zu leben unmöglich sein würde. Ich führe ein Beispiel an. Es giebt dort ein Wort, welches man alle Augenblicke hört, aber in keine moderne Sprache übersetzen kann: „Gemüth". Nach ihrer Aussage ist es ein Seelenzustand, der nur dem deutschen Volk eigen. Es ist eine gewisse Bon= homie und Genialität, in Folge welcher sie sich beim Bier Geist und Sinn erregen, und über Alles in „Gemüthlichkeit" discutirt wird. Was es aber genau ist, kann ich nicht sagen; — es scheint etwas dem deutschen Geiste Eigenthümliches zu sein. Bisweilen habe ich auch gedruckt gefunden, daß der Charak= ter der deutschen Poesie Gemüth sei, und das hat mich vollends verwirrt. (ciò ha finito d' imbro- gliare le mie idee.) Vergebens habe ich tausend Mal herum gefragt. Ich erinnere mich, daß ich einst einen frischen Deutschen bat, mir das Räthsel zu erklären, und er konnte, nachdem er einmal begonnen, nicht wieder aufhören. „Aber sie verstehn ja gut italiänisch und französisch," sagte ich ihm; „um ein Wort zu bezeichnen, bedarf ich eines andern Wortes oder höchstens eines Satzes, nicht aber einer so langen Rede." Da fing er wieder von vorne an und erklärte zum zweiten Male und schwitzte bei seiner Arbeit, um sich recht deutlich zu machen. Aber ich wiederholte ihm meine vorige Antwort, bis er, meiner und seiner Hartnäckigkeit überdrüssig (stanco della sua e della mia ostinazione), mir sagte: „Soll ich es frei

---

*) Beiträge zur Characterologie mit besonderer Berücksichtigung pädagogischer Fragen. Leipzig. Brockhaus. 1868.

heraus sagen? (Ho a parlar chiaro?) Ich glaube, daß wir Deutschen selber nicht genau wissen, was Gemüth eigentlich ist." „Jetzt habe ich verstanden," rief ich aus. Ein ander Mal wurde mir von Studenten in Berlin, die Bier tranken, geantwortet: Gemüth ist Gemüth und nicht mehr. Kurz: Möge das Gemüth sein, was es wolle; es ist gewiß, daß es uns häufig unmöglich ist, bestimmte Vorstellungen bei dem Worte zu bilden und zu erkennen, in welchem Zustande sich die deutsche Seele befindet."

Es hat sich also auch an diesem Beispiele bestätigt, was Jeder weiß, der sich auch nur in den allerersten Elementen der Seelenlehre umgesehn — bei den Wörtern Vernunft, Verstand, Erinnerungsvermögen ꝛc. würde sich dasselbe zeigen, — daß der Psychologe sich vergeblich bemühen würde, wenn er in der Sprache des gewöhnlichen Lebens eine wirkliche Förderung für tiefere Auffassung philosophischer und ganz speciell psychologischer Probleme suchte. Gewiß empfängt er aus derselben manchen schätzbaren Beitrag, gewiß wird er von ihr sorgfältig und dankbar manchen Wink hinnehmen; aber er wird nur zu bald finden, daß sich bei dem Denken, welches in ihr zur Abspiegelung kommt, ganz besonders aber bei dem, welches psychischen Begriffen zu Grunde liegt, alle Motive bethätigt haben, mit Ausnahme derer, nach denen er sucht, der wissenschaftlichen; daß es daher von durch und durch unwissenschaftlichem Character ist. Je umfassender das für die Verarbeitung im Denken Vorliegende, in je größerer Tiefe es sich befindet, um desto weniger kann es von dem unwissenschaftlichen Denken der gewöhnlichen Sprache erfaßt werden, und um so weniger kann die wissenschaftliche Forschung erwarten, in jener auch nur die Umrisse von dem zu finden, was ihr als Aufgabe gestellt ist. Wenn also der Altvater der deutschen Philosophie, wenn Kant in der Kritik der reinen Vernunft erklärt, „daß die philosophischen Definitionen nur Expositionen gegebener Begriffe seien;" wenn sein großer, unvergeßlicher Gegner Friedrich Heinrich Jacobi an Lavater schreibt: „Man läuft am wenigsten Gefahr sich zu verirren, wenn man nur immer den Wurzeln der Wörter so tief wie möglich nachgräbt," und „keine andere Art zu philosophiren kennt", so befinden wir uns in bewußtem Gegensatz zu Beiden. *)

Bei der Sprache des gewöhnlichen Lebens sehen wir uns vergeblich nach Aufklärung um und müssen dieselbe auf anderem Wege zu erhalten suchen.

4

Indem wir uns nun anschicken, in unser Problem in andrer Weise einzudringen, versuchen wir zunächst, durch ein paar Bilder unsern Standpunkt zu erläutern. Das eine möge zur Orientirung über die Sache, das andere zur Orientirung über die Methode dienen.

Wir sehen einen ausgewachsenen Apfelbaum die Kraft entfalten, unter gewissen Bedingungen gewisse Säfte aus der Erde zu saugen und sie in Circulation zu bringen; unter gewissen Bedingungen Bast, Splint, Rinde u. s. w. zu bilden und unter andern Zweige, Blätter, Blüthen und Früchte zu treiben. Diese Kräfte waren jedoch nicht von Anfang her in ihm, sondern mußten erst gebildet werden. Der Apfelkern war nicht gleich im Stande, Aehnliches zu thun; der 2, 3, 4jährige Apfelbaum auch nicht. Der Apfelkern hatte aber die Kraft vom Licht der Sonne, von den Bestandtheilen der Luft, von der Feuchtigkeit der Erde gewisse, seinem Wesen entsprechende Ingredienzen in dasselbe aufzunehmen und zu verarbeiten. Es wurde allerlei angezogen, wieder ausgestoßen, in andere Kräfte umgesetzt und umgearbeitet, bis endlich, nach einer langen Reihe von Processen und Entwicklungen, die nach ganz bestimmten Naturgesetzen erfolgten, und die ihren Anfang nahmen in der ersten Vermählung der Urkräfte des Apfelkerns mit dem von außen an ihn Hinangebrachten, sich ein Wesen zeigte, vom Anfange

---

*) So ist die Vernunft nach ihm das Vernehmende, das Organ, durch welches sich die Gottheit vernehmen läßt; daher nicht der Gegensatz zum Glauben, sondern Beides: Vernunft und Glaube ist eins.

so verschieden, als eben der Apfelkern vom Apfelbaum. Der Wissenschaft ist es natürlich von hohem Interesse, das Wesen der Grundkraft, die Entwicklungsprocesse und die Gesetze, nach denen sie erfolgen, möglichst genau kennen zu lernen.

So sehen wir in einem ausgewachsenen Menschen Kräfte, die ihn befähigen, einer logischen oder historischen Gedanken-Combination irgend welcher Art zu folgen; andere, die ihn treiben, sei es momentan und heftig oder beharrlich und gehalten, gewisse Ideale zu erstreben; noch andere, Gemüthskräfte genannt, die ihn unter gewissen Bedingungen veranlassen, in sein Kämmerlein zu gehn und auf die Knie zu fallen; die seine Füße in die Häuser der Hülflosen und Bedrängten und seine Hände an seine Börse bringen; die seinen Mund beim Geplauder am Feuerheerde und beim Weinglase öffnen, und zwar in eigenthümlicher Weise — anders z. B. als beim Vortrage vom Katheder; die das Gehirn des Poeten electrisiren, seinen Schöpfungen eine gewisse Färbung geben und noch mancherlei andere Manifestationen zeigen. Solche Kräfte hatte der Mensch bei seiner Geburt nicht; auch in seinen ersten Lebensjahren noch nicht. Die Kräfte, die er damals hatte, verhielten sich zu denen des ausgewachsenen Menschen, wie der Apfelkern zum Apfelbaum. Auch auf ihn, den Menschen, mußten gewisse Eindrücke von außen wirken; er mußte Manches annehmen, Manches abstoßen, Manches mußte sich seinem Wesen entsprechend umformen, bis sich endlich, aber auch hier immer nach bestimmten Gesetzen, jene Kräfte bildeten. Der Wissenschaft ist es natürlich auch hier von hoher Bedeutung, das Wesen der Grundkräfte, die Entwicklungsprocesse, die Gesetze nach denen sie sich bilden, ihre Bedeutung im psychischen Organismus und manches Andere, daran Gränzende, kennen zu lernen. Sie hat gegründete Aussicht, daß, wenn erst die nöthigen Vorbereitungen beschafft und die nöthigen Arbeitskräfte vorhanden, ihr dies auf psychischem Gebiete in ungleich höherm Maße gelingen werde, als auf dem Gebiete der äußern Natur, *) und die vorliegende Untersuchung, die zunächst die Analyse eines der complicirtesten psychischen Gebilde zum Gegenstande hat, möchte für dieses Ziel mitwirken.

So viel von der Sache; nun von der Methode.

Wenn ein Laie vor Quadraten stände, die auf den verschiedenen Seiten eines rechtwinkligen Dreiecks construirt sind, so könnte er über deren Verhältniß in Zweifel sein. Vielleicht würde er der Summe der Katheten-Quadrate, vielleicht dem der Hypothenuse einen größern Inhalt zuschreiben, vielleicht auch beides gleich halten. Um nun über diese Sache ins Klare zu kommen, würde ihm die Wissenschaft die Quadrate in ihre Elemente, in Dreiecke, zerlegen, und so wie der Laie sich nur die nöthige Vorbildung angeeignet hätte, würden seine Ansichten über jene Fragen mit zwingender Nothwendigkeit erfolgen, und jeder Zweifel sich erledigen.

So werden auch wir versuchen, die psychischen Vorgänge, Kräfte und Phänomene in ihrem Wesen zu erfassen, so daß wir über den Sachverhalt nicht in Zweifel bleiben. Dabei werden wir uns immer bestreben, uns an die Umgangssprache so nahe als möglich anzuschließen, es jedoch nur als ein Mißlingen von secundärer Bedeutung ansehn, wenn diese letztgenannten Bemühungen nicht immer mit Erfolg gekrönt werden.

---

*) Mehrere Freunde, denen der Verfasser die Arbeit vor dem Drucke mittheilte, glaubten, daß er das Umgekehrte habe sagen wollen. Dies ist nicht der Fall. Um es also mit andern Worten auszudrücken: er ist der Meinung, daß eine Zeit kommen wird, in der man über die geistigen Entwicklungen ein ungemein viel helleres Licht haben wird, als über die materiellen; in der man also auch, um gleich etwas Practisches zu nennen, psychische Krankheiten, als Zornmuth, Habsucht, Falschheit, Leichtsinn, fixe Ideen ꝛc. ꝛc. mit viel größerer Sicherheit von tüchtig gebildeten Psychologen wird in ihrem Keim und Wesen erkannt, behandelt und geheilt sehn, als gelbes Fieber, Lungensucht, Schwindsucht, Wassersucht ꝛc. vom Mediciner.

5.

Die Elemente psychischer Vorgänge sind eines Theils die geistig-sinnlichen Urvermögen (gewöhnlich die Sinne genannt), andern Theils die von außen kommenden Reize. Dieselben können nun in folgenden Verhältnissen zu einander stehen:

1. **Die Reize genügen nicht für die Vermögen und füllen sie nicht ganz aus.**

So die Töne des leisen Sprechens, einer fernen Musik für die Gehörvermögen; so die Lichtreize eines fernen Gegenstandes oder beim Dunkelwerden auf die Sehvermögen. Die Vermögen fühlen keine Befriedigung und streben nach weiterer Ausfüllung.

Es ist das Verhältniß des Halbreizes.

2. **Der Reiz ist den Vermögen gerade angemessen: Reiz und Vermögen decken sich.**

So, wenn wir Gegenstände bei hellem Licht sehen, Töne in ausreichender Nähe hören, Speisen in hinreichenden Dosen schmecken. So sieht der Botaniker die Pflanzen und deren Theile, der Mineraloge die Steine, der Zoologe die Thiere, der Archäologe seine Urnen, der Handwerker neue Producte seines Gewerbes. Es tritt volle Befriedigung, vollständige Ausfüllung, aber keine Ueberfüllung oder Ueberspannung ein.

Wir haben das Verhältniß des Vollreizes.

3. **Es wirken mehr Reize auf die Urvermögen ein, als dieselben zu ihrer Erfüllung bedürfen.**

So, wenn wir einen Saal am Weihnachtsabend oder bei einem Ball in festlicher Beleuchtung sehn; so wirken einzelne Musikstücke auf das Gehör, einzelne Speisen auf den Geschmack. Die Eindrücke sind der Art, daß sie gleichsam das Vermögen zu einer Dehnung, einem Schwunge bringen; sie sind mit Lust (Vergnügen, Freude) verbunden.

Wir haben das Verhältniß der Lustreizung.

4. **Die Eindrücke dauern so lange und kehren so häufig wieder, daß die Vermögen allmählig übersättigt werden.**

So die Gehörvermögen bei zu häufiger Wiederkehr derselben Melodie oder beim Einüben gewisser Passagen; der Gesichtssinn bei einem zu langen Studium von Kunstgegenständen derselben Art; der Geschmackssinn beim zu häufigen Genuß einer Lieblingsspeise. Die große Reizfülle wirkt anhaltend, häufig wiederkehrend und allmählig auf die Urvermögen; diese werden ermüdet, abgespannt, überreizt. Wir nehmen dies als eine allmählig eintretende Empfindung wahr, die wir Ueberdruß, Widerwillen, Ekel nennen.

Wir haben das Verhältniß der Ueberdrußreizung.

5. **Ein allzustarker Reiz wirkt plötzlich auf unsere Urvermögen.**

So, wenn wir aus dem Dunkeln schnell ans Licht treten, wenn in unserer Nähe eine Kanone abgefeuert wird, wenn wir eine zu starke Dosis Speisen in den Mund nehmen, ein mit stark duftenden Essenzen gefülltes Fläschchen schnell riechen. Die Vermögen werden plötzlich — nicht wie im vorigen Verhältniß allmählig — überwältigt, überreizt, und wir nehmen die Ueberreizung mit einem plötzlichen Schmerzgefühl wahr.

Wir haben das Gefühl der Schmerzreizung.

Im Besondern wird noch nöthig sein gegenüber der bisherigen Psychologie, auf die Auffassungen der Vitalkräfte hinzuweisen, der Kräfte, durch die wir z. B. den Druck der Luft und andere noch nicht ganz erläuterte Eigenschaften derselben, die Muskelthätigkeiten, die Empfindungen der Verdauungskräfte 2c. wahrnehmen. — Auch sie sind diesen fünf Reizverhältnissen unterworfen.

Von diesen Reizverhältnissen müssen wir zunächst das zweite — das des Vollreizes, — als einer andern Richtung angehörig ausscheiden. Das Gemüth bildet sich unter den übrigen Reizverhältnissen, die wir diesem gegenüber die affectiven nennen.

Stellen wir zunächst zu nur oberflächlicher Auseinanderhaltung derselben einige Beispiele nebeneinander.

Der Botaniker betrachtet seine Pflanze. Die von den einzelnen Theilen, Blättern, Blüthen, Stengeln kommenden Lichtstrahlen werden von den geistigen Urvermögen aufgenommen und als zusammengehörige Gruppe aufgefaßt. Die Objecte nehmen vollständig das Bewußtsein ein und füllen es ganz und gar aus. Man könnte bis zu einem gewissen Grade sagen, für den Augenblick fühle der Mensch nichts von seiner Persönlichkeit, von seinem Wesen; er sei nur Blatt, Stiel, Blüthenkrone ꝛc. Das, was sich an jene Betrachtung von früher her aus dem Innern anschließt, die Vorstellungen der Blumen derselben Gattung, die Ideen über das Leben der Pflanze, ihre chemischen Bestandtheile ꝛc., ꝛc. alles dies ist unter ähnlichen Bildungsverhältnissen entstanden, unter dem Verhältniß des Genügens, der Kälte, der Abgeschlossenheit, der Ruhe; — dem Vorwiegen des Bewußtwerdens des Objekts. So das Vorstellungs=, das Vollreizverhältniß.

Halten wir dagegen das, was Lichtenberg im „Character einer mir bekannten Person" von sich selbst erzählt. „Am 10ten October schickte ich meiner Frau aus dem Garten eine künstliche Blume aus abgefallenen bunten Herbstblättern. Es sollte mich in meinem jetzigen Zustande darstellen; ich ließ es aber nicht dabei sagen." Und ein anderes Mal: „Ich würde vergeblich versuchen, mit Worten auszudrücken, was ich empfinde, wenn ich an einem stillen Abend „In allen meinen Thaten" recht gut pfeife und mir den Text dabei denke. Wenn ich dann an die Zeilen komme: „Hast du es denn beschlossen", was fühle ich dann für Muth, für neues Feuer, für Vertrauen auf Gott! Ich wollte mich in die See stürzen und mit meinem Glauben nicht ertrinken" ꝛc. In beiden Fällen kamen Lichtenberg, im Gegensatze zum Botaniker, die außer ihm liegenden Objecte kaum zum Bewußtsein. Während jener ganz Blatt, ganz Stiel, ganz Blüthe, ganz Object war, hatten sich bei Lichtenberg die Farbe der Blätter, der Ton des Pfeifens, die Laute seines Liedes in seiner Seele gewissermaßen verdunkelt und verwischt. Das Bewußtsein weilte gar nicht bei ihnen. Was sich bei ihm im Innern bemerkbar machte, was sein Bewußtsein ausfüllte, war in einem Falle das Melancholische, das Trauernde, das Hinbrütende; im andern Falle der Muth, das Gottvertrauen, das Feuer, — in beiden Fällen das Subjective.

Wir fügen zur Vervollständigung und Verdeutlichung noch ein Beispiel aus einem andern Reizverhältnisse hinzu.

Ein junger Mensch hat mehrere Monate lang in Italien täglich Bildergallerien und Kunstwerke gesehn. Von Florenz über Rom nach Neapel gekommen, hat er mit großer Treue, ja Scrupulosität, alle Kunstgegenstände seiner Betrachtung unterzogen. Kein Morgen, kein Nachmittag ist hingegangen, an dem er nicht gewissenhaft die auf dem Tagesplane stehenden Objecte seinem Studium unterworfen. Endlich in Neapel ist er fertig. Nach seinem Reiseplane wird er nun auf mehrere Wochen nach Capri, Ischia ꝛc. reisen. So tritt er aus dem Museo Borbonico, wo er so eben den Hercules Farnese und die Alexanderschlacht gesehn. „Monsieur, je suis bourré de statues et de tableaux; je vous jure que j'en ai pour dix ans", ruft er seinem Freunde zu, der mit ihm ein Schiff besteigt, das seine Passagiere zu den genannten Zielen führen soll. Dabei stößt er mit seinem Stock wiederholt auf das Verdeck; — ziemlich energische Manifestationen eines verdroß'nen Gemüthes. Im Gegensatze zu jenem Botaniker, in Uebereinstimmung mit Lichtenberg, war auch ihm nur das Subjective im Bewußtsein. Das Objective, das dies veranlaßt hatte, z. B. die Statuen im Vatican, in der Villa Borghese und Albani in Rom, die Bilder des Palastes Pitti und der Uffizien in Florenz, die Kunstgegenstände in der Villa Reale und in Caserta bei Neapel, — Hunderte von Gegenständen, die alle einzeln im Verhältniß des Ueberdrußreizes gewirkt, hatten sich in dem Augenblick in seinem Bewußtsein verdunkelt. „Er dachte nicht daran", sagen wir; aber ein psychisches Vergrößerungsglas würde sie in demselben Augenblick dunkel auf dem Grunde seiner Seele erkannt haben; recht dunkel, denn sie wurden durch die Stimmungsgebilde, durch die Gebilde des Affectiven, die in dem Augenblick das Bewußtsein einnahmen, verdeckt.

Die beiden großen Gebilde psychischer Entwicklung, die hiernach also zunächst auseinander treten, sind diejenigen des Vollreizes, — (der Vorstellung, des Objectiven) — gegenüber dem Subjectiven, (dem Affectiven, der Stimmung).

Das Gemüth liegt in der letztgenannten Richtung.

Doch müssen wir, um seine Natur noch genauer kennen zu lernen, noch weiter in die Tiefe zu dringen suchen. Wir werden dies am besten erreichen, wenn wir zunächst dem klarsten und einfachsten, dem Vorstellungsgebiete, weiter nachgehn, damit sich diesem gegenüber das etwas Complicirtere, das Gemüth, um so leichter abhebe.

<h2 style="text-align:center">6.</h2>

Der bisherige Standpunkt der Untersuchung nöthigte uns zu einigen Ungenauigkeiten, die wir zunächst zu berichtigen haben werden, was uns Veranlassung sein wird, das Wesen der Seele noch genauer zu erkennen und den so eben nur oberflächlich festgesetzten Gegensatz genauer zu erfassen.

Es schien nach dem Vorstehenden, als ob die Vereinigung eines Reizes (Eindruckes) mit einem Urvermögen im Verhältniß der Vollreizung genügend sei, Vorstellungen hervorzurufen. Dies ist aber nicht der Fall. Das neu geborne Kind bildet noch keine Vorstellungen, nimmt überhaupt nicht wahr. Sein Auge schweift viel zu haltungslos umher, als daß man auf einen ähnlichen Vorgang schließen könnte, wie wir ihn an den Erwachsenen sehn. Der englische Arzt Cheselden heilte im J. 1728 einen Blindgebornen. Dieser konnte nun Gesichtsreize aufnehmen; aber es dauerte sehr lange, bis er sehen konnte; bis seine Gesichtswahrnehmungen denen seiner früher geübten Tastvermögen gleich kamen. Undenklich oft hatte man ihm gesagt, daß dies der Hund, jenes die Katze sei; er verwechselte sie immer wieder, bis er seinen ungeübten Sehvermögen durch seine Tastvermögen zu Hülfe kam und die genannten Gegenstände durch sein Gefühl prüfte. Daß das Portrait seines Vaters die so oft getasteten Züge vorstellen könne, wollte er durchaus nicht glauben, da sie sich auf dem Bilde ganz anders ausnahmen, wie bisher die Wirklichkeit.

Ein Jurist, ein Philologe sehen in der Regel auf einem Balle kaum irgend etwas von der Toilette, deren Einzelheiten der von ferne zusehenden Putzmacherin am folgenden Tage Stoff zum eingehendsten Bericht geben. Ein Naturkundiger wird auf einem Spaziergang im Freien von den ihn umgebenden Dingen, dem Gesange der Vögel, den einzelnen Pflanzen ganz anders afficirt, als ein Nichtnaturkundiger. Der Eine sieht, was dem Andern entgeht. Aehnlich bei einem Gange durch eine an Bauschönheiten reiche Stadt oder durch ein archäologisches Museum: der Architect und der Archäologe sehn Vieles, was der Nichtarchitect und Nichtarchäologe nicht sehn. Kurz: die einmalige Vereinigung von Reiz und Urvermögen genügt nicht, um Vorstellungs-Gebilde hervor zu rufen.

Die hier angedeuteten Phänomene nun erklärt der Psychologe durch folgende Beobachtungen und Hypothesen.

Sehn wir eine merkwürdige Blume und ist nach einigen Wochen von derselben die Rede, so taucht alsbald in unserm Innern ein Bild derselben auf. Dies Bild, dies vom Eindruck (Reiz) in der Seele Zurückgebliebene, nennen wir Spur. Sehn wir diese Blume zum zweiten Male, so trifft der Eindruck das aufnehmende sinnliche Vermögen und die zurückgebliebene Spur. Aber beide Elemente, die zurückgebliebene Spur und der zweite neue Reiz verschmelzen sogleich zu einer neuen Einheit. Dies geschieht nach einem der bedeutendsten psychischen Gesetze: Gleichartiges wird von Gleichartigem angezogen. Sähen wir die Blume zum hundertsten Male, so würden ebenfalls die frühern neun und neunzig Spuren, schon zu einer Einheit verschmolzen, zur Aufnahme des neuen Reizes bereit sein, und wir hätten ein innerliches psychisches Product, eine Wirkung, die an Stärke das Hundertfache des ersten Eindrucks zeigte. Das, was anfänglich etwas Aeußerliches, Materielles war, -- die Blume — hat im Innern der Seele etwas Immaterielles, Geistiges zurückgelassen, das zu einer psychischen Kraft wird, das sein Theil beitrug zur Bildung dessen, was in der 10ten, 20ten, 100ten Wiederholung das wurde, was man ein Seelengebilde in der Form des Vollreizes — eine Vorstellung (Wahrnehmung) nennt. Diese Vorgänge, die wir erst mit dem 10ten, 12ten, 15ten Jahre beobachten können, haben aber mit der Organisation des Menschen, d. h. mit seiner Geburt in Wirklichkeit begonnen, und indem wir den Proceß in rückgängiger Construction bis dahin verfolgen, kommen wir auf die Epochen, in der die Urvermögen völlig leer waren, und wir sehn gewissermaßen die genannte Ausbildung vor unsern Augen vor sich gehn.

Es ist ferner bekannt, daß der im tiefen Nachsinnen Begriffene nichts von dem hört, was um ihn her vorgeht. Gewisse Irre sehn mit offnen Augen ein Licht nicht, und wenn es ihnen die Augenlider versengte; sie hören den Knall einer Pistole nicht, und wenn ihnen dieselbe vor den Ohren abgeschossen würde. In diesem Falle waren die Spuren wol da; aber weil andere psychische Gebilde das Bewußtsein einnahmen, so hatte das Neue gewissermaßen keinen Platz mehr darin, und sie waren verhindert, hinzu zu fließen und sich mit den aufgenommenen Reizen zu verbinden. Auch in diesem Falle entsteht keine Wahrnehmung. Jener Jurist und jener Philologe hatten unter Bildungsverhältnissen gelebt, unter denen das Bewußtsein stets von andern Gebilden eingenommen war, was ein Zusammenfließen der Spuren von Toilettengegenständen hinderte. Daher konnten sie auch sich nicht mit den neuen Reizen verbinden, und daher entstanden keine Wahrnehmungen. Eben so in jenen andern Fällen. Erst dann, wenn die Spuren vorhanden sind und zugleich ins Bewußtsein eingehn, erst dann bilden sich jene im Verhältniß des Vollreizes stehenden Vorstellungen, wie dies in jenen Fällen beim Architecten, der Putzmacherin und dem Archäologen der Fall war. *)

Es ist natürlich unmöglich, das ganze große Gebiet der Entwicklungen, deren elementare Bildungsverhältnisse die genannten sind, hier eingehend vorzuführen. Versuchen wir indeß, in einer flüchtigen Skizze einen Blick auf dasselbe zu thun, um an ihnen jenes Relief zu vervollständigen, gegen welches die in Frage stehenden Gemüthskräfte contrastiren mögen.

Manchmal geschieht es, daß wir mehrere Wahrnehmungen auf einmal haben, daß wir uns der Erinnerung von ihnen zu gleicher Zeit bewußt werden. Wir sind z. B. im Freien und bemerken Tauben, Staare, Enten, Drosseln, Hühner und Lerchen. Was wird dabei geschehn? Federn, zwei Flügel, Schnabel, zwei Füße sind sechsfach vorhanden; die Art der Farbe, Größe, Stimme, Schnelligkeit oder Langsamkeit der Bewegung nur einmal. Nach jenem weitgreifenden psychischen Gesetze, wonach Gleichartiges mit Gleichartigem zusammenfließt, nehmen wir also jenes Erstere sechsfach verstärkt wahr, und wegen der größern Vielspurigkeit desselben wird dem Letztern fast ganz das Bewußtsein entzogen, und das erstere nimmt es ein. In unserer Erinnerung werden wir ebenfalls zunächst nur dies Gemeinschaftliche vorstellen. Dies Gemeinschaftliche ist der Begriff von diesen Gegenständen. (In diesem Falle der Begriff Vogel; in ähnlicher Weise die Begriffe Baum, Strauch, Fisch, Säugethier.) Wie sich die volle Wahrnehmung zum einfachen Reiz verhält, so verhält sich demnach der Begriff zur Wahrnehmung: Klarheit, scharfe Abgränzung, kräftige Haltung, innerliche selbstständige Befriedigung ist ihr Hauptcharacter. Was der Erfolg ist, wenn solche Begriffe zu Anschauungen hinzutreten, wird Jeder häufig im Leben Gelegenheit haben zu beobachten. Wie viel klarer werden z. B. in einem Museum dem Naturhistoriker die

---

*) Aus diesen Bemerkungen möchte die Natur der Aufmerksamkeit klar werden. Nehmen nämlich die Spuren das Bewußtsein ein, stehn sie so zu sagen auf dem Sprunge, um den neuen Reiz in Empfang zu nehmen, dann ist das da, was man gespannte Aufmerksamkeit nennt, wie sie z. B. bei der absichtlichen Beobachtung eintritt.

Eindrücke vor die Seele treten, in denen dies der Fall war, als wo dies nicht statt fand, bei naturhistorischen Sammlungen, Vögeln, Säugethieren ꝛc. gegenüber Sammlungen von Schmucksachen dahin geschwundener Völker (Etrusker, Aegypter, Niniviten)! Wie viel klarer wird ein Architect über die Baulichkeiten einer zum ersten Male von ihm durchwanderten Straße berichten, als ein Philologe! Den Unterschied begründeten in beiden Fällen die im Innern angelegten und zur neuen Wahrnehmung hinzutretenden Begriffe. Haben dann auch diese Begriffe wieder Gemeinsames, so verbindet sich dies ebenfalls nach seiner Gleichartigkeit, und es entstehn höhere Begriffe (aus den Begriffen Vogel, Fisch, Säugethier ꝛc. der Begriff Thier; aus den Begriffen Baum, Strauch, Blume ꝛc. der Begriff Pflanze.) Tritt nun zu einer neuen Anschauung (Eidergans, Kolibri) ein Begriff (Vogel), tritt zum Begriff ein gleichartiger höherer ins Bewußtsein, so sagt man, die Seele urtheilt. (Die Eidergans ist ein Vogel; Fische und Vögel sind Thiere). Wie die Anziehung im Verhältniß der Gleichartigkeit zur Bildung von Begriffen und Urtheilen führt, so erweis't sie sich auch zwischen den Urtheilen wieder in den mannigfaltigsten Verhältnissen wirksam. Es verschmelzen Urtheile, die gemeinsame Subjecte und die gemeinsame Prädicate haben, so diejenigen, in derem einen als Subject gegeben ist, was sich in dem andern als Prädicat findet; so, die nur theilweis in ihren Subjecten oder Prädicaten oder in beiden zugleich überein kommen. In dieser Weise bilden sich Erklärungen, Eintheilungen, besondere und allgemeine Urtheile und Schlüsse, und fließen Gebilde aller dieser Art wieder zu mehr oder weniger zahlreichen Gruppen und Reihen zusammen bis zu den umfassendsten wissenschaftlichen Theorien und Systemen.

Die Gesammtheit aller im Innern eines Menschen angelegten Begriffe nunnennt man Verstand; die Gesammtheit der Spuren, welche, zum Bewußtsein gesteigert, Urtheile zu erzengen im Stande sind, bilden die Urtheilskraft; alle Spuren, welche, zum Bewußtsein gesteigert, in Schlüsse einzugehn geeignet sind, bilden die Schlußvermögen.

Und so bildet die Summe aller im Menschen angelegten affectiven Spuren sein Gemüth.

<h2 style="text-align:center">7.</h2>

Das Gemüth, so sagten wir, ist die Summe der im Innern der Seele angelegten Stimmungsgebilde, die Summe der affectiven Spuren.

So einfach dies erscheint, so dürfte es doch geboten sein, um das Gemüth ganz rein in seinem Wesen aufzufassen, auch diese Elemente noch genauer zu scheiden.

Bei den im affectiven Reizverhältniß entstehenden Gebilden geht nämlich die Entwicklung nach zwei Richtungen hin. Einerseits läuft sie den im vorigen Paragraphen besprochenen parallel; die aus den Objecten gekommenen Elemente verschmelzen und bilden Auffassungskräfte wie dort. In einem Meer von Tönen, die einzeln und in ihrer Gesammtheit im Lustreizverhältniß wirken, wird sich der Musiker zum Laien verhalten, wie der Botaniker, der Architect u. s. w. zum Nichtbotaniker und Nichtarchitecten. Während dem Einen alles durch einander wogt, erkennt der Musiker mit Leichtigkeit den Gang einer Doppelfuge und die durch die Begleitung verdeckte Melodie eines Beethoven'schen Symphoniesatzes; unterscheidet in der Stimme Reinheit, Klarheit, Kraft und Fülle; nimmt im Vortrage Anmuth, Maß, Dekonomie ꝛc. wahr. So hat der Maler Auffassungskräfte, die ihm aus seinen Gesichtswahrnehmungen geworden sind, und bemerkt auf einem Gemälde das anziehende, tief und individuell empfundene Motiv, die vortheilhafte Vertheilung von Licht und Schatten, die geistreiche technische Ausführung, die Feinheit der Formen und des Farbenschmelzes; er bemerkt, wie Gesetze und Prinzipien beobachtet sind und noch manches andere, was dem Laien entgeht. Zu diesen im Lustreizverhältnisse erzengten Gebilden können andere, im zweiten, im Vorstellungsverhältnisse, entstandene, in solcher Menge hinzutreten, daß sie in der Entwicklung ganz dominiren, und daß man kaum noch den Grundcharacter wahrnimmt, wie das z. B. in diesem Falle beim Studium des Generalbasses und der Optik eintreffen würde.

An der Entwicklung nach dieser objectiven Richtung hin hat das Gemüth nur **mittelbaren** Antheil.

Andrerseits aber verschmelzen auch die subjectiven Elemente, jene Elemente, die das Bewußtsein der Hebung, der Lust, des Schwunges, der Freude — oder des Gebeugten, Niedergedrückten, Schmerzvollen, Betrübten begründen. Wie jene je nach der Quantität, mit der sie in das neue Gebilde eingehn, demselben mehr Klarheit geben, so verleihn diese dem neuen Producte, zu dem sie hinzufließen, im selben Verhältniß mehr Innigkeit. Dem seelenvollen Vortrage eines Künstlers, einer Symphonie, einem Oratorium, dem ganzen Gange der Entwicklung irgend eines Tongebildes bringt der Musikkenner zugleich als Musikfreund in gewisser Weise einen größern Raum entgegen, über den sich die Genußelemente verbreiten und demgemäß in verstärktem Maße fühlbar machen können. Während der Laie bei solchen Wahrnehmungen wol auch einen angenehmen Sinnenkitzel empfindet, „ergreifts ihn durch und durch," fühlt er „sein ganzes Wesen erfaßt," fühlt sich „von unsichtbaren Banden in das Land des Ideals gezogen" und beklagt, daß die Sprache kein Wort geschaffen, um seiner specifischen Stimmung Ausdruck zu geben, da ihm die gewöhnlichen Wörter „wundervoll," „köstlich," „reizend" wie Plattheiten vorkommen. *)

Dies Innere, dies Subjective, dies, was zurück bleibt, nachdem die objectiven Elemente ausgeschieden sind oder sich im Bewußtsein verdunkeln — das ist es, was wir die affective Stimmung im Besondern nennen und **dessen Summe das Gemüth bildet.**

In der Regel sind die beiden Elemente, die subjectiven und objectiven, vereinigt. Wir haben die affective Stimmung im weitern Sinne des Worts. Wir zeigen uns als Sachverständige auf dem Gebiete der Malerei, **zugleich** aber und in demselben Maße sind wir eines größern Genusses theilhaftig; in derselben Weise, wie unsere Auffassungskraft wuchs, ist auch unsere Freude inniger. Und ganz eben so auf dem Gebiete der Musik, ja auf dem Gebiete der niedern Sinne: Kenntniß der Objecte und Innigkeit des Genusses wachsen in gleichem Verhältniß. Die Frage dürfte nur entstehen: Lassen sich wol diese beiden Elemente, die subjectiven und die objectiven, trennen? Zeigt sich das

---

*) Die Erfahrungen, die gegen die Richtigkeit des Gesagten zu sprechen scheinen, bedürfen nur einer genauern Betrachtung, um sich als mit ihm harmonisch zu zeigen. „Man beobachte den durch eine plötzliche Wendung seines Schicksals aus dem Mangel zum Ueberflusse Erhobenen," sagt man; „mit welcher Begierde giebt er sich den Reizen hin, welche ihm die vorher unbekannten, nur aus der Ferne bewunderten Vergnügen gewähren. Wie fühlt er seine ganze Seele von Lust und Wonne durchdrungen bei Genüssen, die ihn vielleicht wenige Jahre nachher kalt und untheilnehmend lassen! Es kann also nicht wahr sein, daß die Innigkeit des Genusses zunimmt." „Allerdings," ist die Antwort, „erfolgt diese Abstumpfung, dieser Ueberdruß manchmal, wie dies ja auch gleich anfänglich bemerkt, da ein Reiz, der anfänglich im Lustverhältniß stand, sich unter gewissen Bedingungen später in das des Ueberdrusses verwandeln kann. (S. S. 12. 4.) Indeß kann die Entwicklung auch in andrer Richtung erfolgen. Bei der ersten Erzeugung eines Lustreizes ist das unerfüllte Vermögen der Seelenzustand, gegen welchen derselbe gemessen wird, und die durch Aufnahme desselben gebildete Lustempfindung mußte sich natürlich in hohem Abstande gegen dasselbe zeigen. Dagegen treten später die Reproductionen früherer gleichartiger Lustempfindungen jenen neuen entgegen, wodurch der Abstand nicht so markirt erscheint. Beim ersten Genusse ist das Verhältniß der Hebung über die mittlere Lebensstimmung wie 1 : 0, beim zweiten wie 2 : 1, beim dritten wie 3 : 2, beim hundertsten wie 100 : 99. Die Psychologie hat für dieses Maßverhältniß einen Ausdruck geschaffen; sie nennt es Gefühlfrische, und man könnte nach dem Bisherigen sagen, daß die Gefühlfrische in demselben Maße abnimmt, als die Innigkeit (Stärke) des Genusses zunimmt. Aus diesem Maßverhältniß erklärt sich auch das Vergnügen am Neuen, am Wechsel, die Gefühle des Erstaunens, der Verwunderung (das unerwartet Eintretende wird durch die Leere gehoben, welche sein Gegensatz gegen die herrschenden Vorstellungsreihen hervorruft), und der eigenthümliche Charakter des Angstgefühles (es übertrifft die Gewißheit des gefürchteten Unglücks an Qual, indem die flüchtige Erholung, welche die Ungewißheit des Gefürchteten zuläßt, den Unlust- und Schmerzgefühlen immer wieder die volle Gefühlfrische geben wird).

Gemüth wol in seiner vollen Reinheit? Lassen sich vielleicht Veranstaltungen treffen, wie etwa Chemiker Analysen machen, um diese Ingredienzen zu scheiden?

„Gewiß würde sich dies thun lassen," lautet die Antwort. In vielen Fällen thut der Psychologe dies; jedoch in diesem thut er besser, wenn er, statt den Weg des Chemikers einzuschlagen, den des Astronomen nimmt. Wie dieser ruhig abwartet, daß die Natur die für seine wissenschaftlichen Bedürfnisse erforderlichen Experimente ihm vormache (Sonnenfinsternisse, Kometen, Sternschnuppen), so auch er; nur ist er unendlich günstiger gestellt, als dieser, da ihm die erforderlichen Phänomene nicht etwa in einem Zeitraume von mehreren Jahren oder mehreren Monaten, sondern täglich, ja stündlich vorkommen.

Ein Geistlicher trete, nachdem er eine lange Reihe von Jahren in einer Gemeinde verlebt, zum letzten Male vor dieselbe, um von ihr Abschied zu nehmen. Mehrere Gruppen von Seelengebilden werden sein Bewußtsein zugleich oder abwechselnd erfüllen. Zunächst wird sich durch dasselbe ein logischer Faden ziehn, in welchem religiöse, ethische, dogmatische und andere Elemente in verschiedenen Maßverhältnissen gemischt sind und an den sich das Uebrige anreiht. Der Geistliche wird an die Schöpfungen zur Hebung des sittlichen, religiösen und intellectuellen Lebens denken, die er ins Dasein gerufen, an die Arbeit, die sie nöthig machten, an die Verhältnisse, Verbindungen und Erfahrungen, in die und zu denen sie ihn führten. Indeß auf einen bedeutenden Hörerkreis, vielleicht auch auf ihn selbst, wird die Gruppe eine besondere Macht äußern, die in ihrer elementaren Entstehung im affectiven Reizverhältniß gebildet wurde, die in ihm und seinen Hörern das Gemüth begründete: die Erinnerungen an die Leiden und Freuden, die er im eignen Familienkreise erlebt, die Erinnerungen an die Kranken= und Sterbebetten, an die Särge und Gräber in den Familien Andrer, an die Familienfeste, wo er im heitern Kreise den Säugling mit einem Wort sittlicher und religiöser Weihe und froher Hoffnung in die Arme einer glücklichen Mutter legte, oder an die Augenblicke, wo er glücklichen Gatten in der bedeutungsvollsten Stunde ihres Lebens für das, was sie empfunden, Worte leihen durfte; auch vielleicht an die Augenblicke, wo er „in seinem Eifer zur Hebung des sittlichen Lebens einmal durch unzeitige Härte Jemanden verletzte." Jedes derselben ist in seinem elementaren Entstehn mit Tausenden von Spuren gebildet. An Tausenden von Sterbebetten, bei Tausenden von Särgen, bei tausend Hochzeiten, bei tausend Kindtaufen ist er gewesen. Tausende von Malen entstanden in ihm die Stimmungen, die stöhnendes Athmen, Seufzen, Klagen, blasses Antlitz, magere Hände, eingefallene glanzlose Augen, schwache Stimme ꝛc. erzeugen, und somit waren die Stimmungsgebilde, das Subjective, mit tausendfacher Stärke im Innern der Seele. Die aus den Objecten gekommenen Elemente dagegen, die Persönlichkeiten, die Gegenstände des Krankenzimmers ꝛc. ꝛc. waren verschieden, vielleicht nur einmal da. Was mußte also geschehn, wenn die affectiven Gebilde in dieser Fülle ins Bewußtsein traten? Die einzelnen Stimmungsmomente mußten zusammen fließen und in ihrer Gesammtheit eine Macht entfalten, welche alle Gebilde anderer Art aus dem Bewußtsein verdrängt. Sie wird sich vielleicht sogar auf die körperliche Entwicklung ausdehnen und zu den Resultaten führen, die der kennt, der Zeugen solcher Scenen war: — Es erfolgt eine Offenbarung des Gemüths.

Garve schreibt einmal an seine Mutter: „Die Geschwindigkeit, mit der meine Ernennung zum Professor in Leipzig zu Stande gebracht ist, würde mir in der That schmeichelhaft sein, wenn nicht, „„ich weiß nicht durch welche Verkehrtheit meines Kopfes,"" alles Angenehme einen sehr leichten, flüchtigen Eindruck auf mich machte, und alles daran klebende Verdrießliche einen desto stärkeren." Diese „Verkehrtheit des Kopfes," die Garve nicht erklären kann, würde also der Psycholog als eine Abwesenheit von Lustempfindungs= und Ansammlung von Unlustspuren bezeichnen, die dem Bewußtsein immer nahe und immer bereit sind, neue Eindrücke aufzunehmen, in ihre Elemente aufzulösen und in ihre Mißstimmung umzusetzen und damit zu amalgamiren: sie erklärten sich aus einem leicht verstimmbaren, aus einem trüben Gemüth. — Wenn andrerseits ein bekannter Geistlicher von sich in der Geschichte seines Lebens, seiner Meinungen und Schicksale erzählt, daß kein Uebel ihn auf lange Zeit niederbeugen könne und daß, so wie die erste Erschütterung eines Schlages sich verbebt, seine rege Phantasie ihm zu Hülfe eile, so erklärt sich der Psychologe dies, indem er statt des vagen Ausdrucks „rege Phantasie" eine Fülle von Lustspuren, die in seinem Innern angelegt waren, annimmt, die eine entgegengesetzte Wirkung von der bei Garve wahrgenommenen äußerten — er erklärt sie aus seinem heitern Gemüth. — Durch eine Menge von Unglücksfällen, durch schlechte Nahrung, unregelmäßige Lebensweise, übermäßige Studien ꝛc. hatten in Ben David viele Unlustspuren ein düsteres Gemüth gebildet. Indeß daneben hatte seine Erziehung ihn auch, nach seiner Erzählung, von der Wahrheit durchdrungen: „Ich habe nie den Gerechten verlassen und seinen Samen nach Brod gehn sehn." Beides hielt sich das Gleichgewicht. Als er aber einst einen Brief von seinem Vater erhielt, der 8½ Sgr. Porto kostete und nur 6 Sgr. im Vermögen hatte, so daß er 2½ Sgr. von seiner Wirthin borgen mußte; als er dann in diesem Briefe das traurige Schicksal seines Vaters, dem er auf keine Weise abhelfen konnte, abermals geschildert fand, „da war der Kelch seiner Leiden bis zum Ueberlaufen voll," — da drängte die Fülle der Unlustspuren, die aus seinem düstern Gemüth flossen, alles andere aus seinem Bewußtsein, und das Gleichgewicht seiner Seele war gestört.

Mauvillon dagegen, Mirabeaus Genosse und Freund, hatte in seiner Jugend „eine bis zur Ausschweifung große Neigung zur fröhlichen Gesellschaft," und auch später „war er in der Wahl seiner Gesellschaft nicht eigensinnig: denn er suchte nur zweierlei darin, entweder zu lachen oder zu philosophiren; und zu dem ersten waren ihm alle Menschen gleich, nur durften sie nicht klüger scheinen wollen, als sie wirklich waren." Selbst im Schlafe lachte er nicht selten laut auf über einen witzigen Einfall, den er gesagt oder gehört hatte, und „in den 21 Jahren, die seine Gattin mit ihm verlebte, wußte sie sich nicht zu erinnern, ihn ein einziges Mal ohne Grund unmuthig gesehn zu haben." Diese unüberwindliche Heiterkeit verließ ihn auch in seiner letzten Krankheit, einer sehr schmerzlichen Wassersucht, nicht, und er äußerte sich, daß er das Leben so liebte, daß er bei einem Einkommen, welches ihn über Sorgen erhöbe, sich gern „Jahrhunderte lang mit geschwollenen Füßen tragen wolle" und daß er „um den Preis von tausend Lebensjahren sich gerne wolle beide Hände und Füße abschneiden lassen."

Solche Aeußerungen konnten nur einem ungewöhnlich heitern Gemüth entfließen.

<h2 style="text-align:center">8.</h2>

Versuchen wir nun, nachdem sich uns das Wesen des Gemüths im Allgemeinen geoffenbaret hat, es noch bestimmter zu fixiren, indem wir einige verwandte psychische Kräfte daneben stellen.

Schon oben sahen wir, daß mehrere Pädagogen und Sprachforscher (S. 7) das Wesen des Gemüths ausschließlich ins Begehren setzten. Wenn wir nun auch sein Wesen als etwas anders gefunden haben, so können wir uns nicht verhehlen, daß sich an jene affectiven Stimmungen häufig Begehrungen anschließen. Wer in einem Concert, bei einem Mahle gemüthlich angeregt war, wird, wenn die Erinnerung davon in sein Bewußtsein tritt, Verlangen oder Begehren zeigen, diese Genüsse zu erneuern; umgekehrt wird man Widerstreben empfinden gegen jene andern Eindrücke affectiver Art, gegen die Eindrücke, die Unlust, Schmerz, Ueberdrußstimmungen begründeten. Dies so häufige Zusammensein der affectiven Stimmung mit Begehrungselementen ist auch die Ursache davon, daß sich im Sprachschatze des gewöhnlichen Lebens nicht ein einziges Wort befindet, welches diese Elemente scheidet. Die Wörter Neigung, Leidenschaft, Hang, — die mit Gier und Sucht zusammengesetzten Substantive drücken ebensowohl Stimmung als Begehren aus. Freilich hatte sich wol auch ein gewisser Gegensatz bemerkbar gemacht; Leute von besonders innigem Gemüthe zeigen eine gewisse Lässigkeit im Handeln, einen Mangel an Entschiedenheit und Ausdauer, der sie wohl zum gemüthlichen Zechen und Plaudern, nicht aber zum energischen Handeln kommen läßt. Doch waren diese Zeichen der Beobachtung jener Erklärer entgangen, und es ist wol begreiflich, daß sie das, was sich so häufig zusammen fand, als untrennbar auffaßten.

Versuchen wir es nun, hier auch diese Elemente zu scheiden.

Wir haben augenscheinlich mit Reproductionsgebilden zu thun, mit Gebilden, die nicht ursprünglich entstehen, sondern erst, nachdem sie längst entstauden, wieder ins Bewußtsein treten.

Ist dies mit einem Vollreizgebilde der Fall (S.S. 4, 2), erinnert sich der Botaniker seiner Pflanzen, irgend ein wissenschaftlicher Forscher seiner Beobachtungen, so treten diese auf's neue ins Bewußtsein mit demselben Grundcharacter der Abgeschlossenheit, der Ruhe, des Genügens. Anders bei der Reproduction der affectiven Seelengebilde, die in zwei ganz bestimmt auseinander tretenden Formen reproducirt werden, der des Strebens und der unter Beibehaltung der affectiven Grundform.

Zunächst kündigt sich bei der Reproduction eines Lustgebildes das Bewußtsein an, — unter den oben angeführten Beispielen können die des Concertes und des Mahles zur Erläuterung dienen, — daß gewisse Elemente verloren gingen, und vermöge gewisser Grundeigenschaften der Urvermögen ist damit ein gewisses Aufstreben (Begehren) verbunden, dieselben wieder zu schaffen. Nach kleinen Ermüdungen, oder in den Fällen, wo sich eine Gedankenreihe anschließt, als deren Endglied sich die Wiederkehr dieses Genusses zeigt. — (in einer Nachbarstadt soll dasselbe Concert gegeben werden, — die Eisenbahnzüge sind günstig, — kein Hinderniß zeigt sich für unsere Theilnahme) — kündigt sich diese Strebeform besonders mächtig an. — Wenn uns dagegen beim Genuß eines heitern Mahles, einer schönen Landschaft, eines erhebenden Concertes ein früher genossenes ähnliches Mahl, eine ähnliche Landschaft, ein ähnliches Concert in die Erinnerung tritt, so zeigt sich dabei gar kein Streben; — auch in der Reproduction ist der affective Character beibehalten.

Wenn also eine Mutter von innigem Gemüthe ihren Blick voll Seligkeit auf ihrem Knaben ruhen läßt, wenn das Anschauen seiner Person, seiner Körpergestalt sie mit Wonne erfüllt, wenn sie sich dann dabei in eben so dunkeln als freudigen Hoffnungen verliert — Raphaels Maria della Seggiola erinnert an eine solche Mutter —, so haben wir hierin die reinen Offenbarungen ihres Gemüths. Es ist sehr möglich, daß dieselbe Mutter strebt und sich abmüht, um dem Lieblinge ihres Herzens eine angenehme Zukunft zu bereiten; — wir dürfen dann nur nicht vergessen, daß dabei die elementaren Kräfte und Zustände von jenen der Gemüthsoffenbarung ganz verschieden und daß sie nicht nothwendig damit vereint sind.

Ob übrigens ein affectives Seelengebilde in seiner ihm eigenen Grundform oder in der Strebeform reproducirt wird, hängt wesentlich von den Elementen ab, die hinzutreten, um es ins Bewußtsein zu rufen. Alle Seelengebilde haben das Bestreben gewisse sogenannte bewegliche Elemente unter einander auszugleichen. Wie ein glühender Ofen seine Wärme über das ganze Zimmer strahlt und die kalte Temperatur desselben erwärmt; wie er damit ein Gewisses abgiebt, obwohl er ein Gewisses — (Bleibendes, Festes) — behält; wie ein ins Wasser geworfener Stein Wogenbewegungen hervor ruft, so verbreiten kräftig erregte Seelengebilde gewisse bewegliche Elemente über die ganze Persönlichkeit. Der, welcher nach langem Suchen plötzlich eine Wahrheit entdeckte, fühlt die innere geistige Hebung sich über sein ganzes geistiges, ja selbst über das körperliche Wesen ausdehnen: das Auge leuchtet, die Glieder werden gehaltener, es ist ihm unmöglich, auf dem Stuhle sitzen zu bleiben 2c. Wird nun ein affectives Gebilde ins Bewußtsein gerufen durch Uebertragung von einer Fülle von Reizen, so wird es seinen Grundcharakter beibehalten; geschieht es durch Uebertragung reizvoller Gebilde, so haben wir den Charakter des Strebens. Jenes ist der Fall, wo wir an ein früher genossenes Mahl erinnert werden bei einem andern Mahl oder in heiterer Gesellschaft; dieses tritt z. B. nach einem erquickenden Schlaf oder auch nach einer kleinen Abspannung ein.

Genug, die affective Form, die Form des Gemüths, tritt weit auseinander mit der Form des **Strebens**.

Dies wird noch klarer werden, wenn wir noch eine weitere psychische Form daneben stellen.

Es ist bekannt, daß Wieland, Thümmel, Thomas Moore als zärtliche, treue Gatten und Hausväter, frei von Extravaganzen irgend welcher Art, ein musterhaftes Leben führten, daß ihre Dichtungen dabei aber voll üppiger Bilder sind. Thomson dagegen, der bekannte Verfasser der Jahreszeiten, gab sich einem Hange zur Befriedigung grob sinnlicher Neigungen hin, während seine Poesie vielfach der Stimmung sentimentaler Zartheit und idealer, hoher Menschenliebe Worte lieh. Zeigt sich nun auch dabei zunächst ein Auseinandergehen der affectiven und der Begehrungskräfte und ferner eine gewisse Verwandtschaft mit den Gemüthskräften, — auch ihre Schöpfungen beruhen ja auf affectiven Stimmungen, — so haben sie nichts desto weniger auch eine markirt hervortretende Eigenthümlichkeit, die der Betrachtung werth ist: Wir haben mit den ästhetischen Kräften im Menschen zu thun.

Göthe hebt im 13. Buche seiner Wahrheit und Dichtung die ungeheure Differenz hervor, die sich zwischen ihm und seinen jüngern Freunden herausgestellt habe, indem er sich durch seinen Werther mehr als durch irgend ein anderes seiner Werke aus einem stürmischen Element gerettet, auf dem er durch eigne oder fremde Schuld, durch zufällige oder gewählte Lebensweise, durch Vorsatz und Uebereilung, durch Hartnäckigkeit und Nachgeben auf die gewaltsamste Art hin und wieder getrieben. Ein Gott habe ihm gegeben zu sagen, was er leide; er habe sich, wie nach einer Generalbeichte wieder froh und erleichtert gefühlt, während seine Freunde sich daran verwirrt hätten, indem sie geglaubt, man müsse einen solchen Roman nachspielen. *) Dies, was wir bei Göthe, Thümmel, Moore 2c. das Aesthetische im Menschen nannten, nennt Aug. Wilh. Schlegel in seinen bekannten Vorlesungen die musikalische Stimmung und bezeichnet ihr Wesen so, daß wir „irgend eine Regung, sei sie nun erfreulich oder schmerzlich, mit Wohlgefallen festzuhalten suchen." Die Empfindung müsse also, sagt er, in dem Grade geändert sein, daß sie uns nicht durch das Streben nach der Lust oder Flucht vor dem Schmerze über sich selbst hinaus reiße. — Er hat damit gewiß das Richtige getroffen, aber wie geschieht dies „Festhalten"? Welcher psychische Proceß liegt in Wirklichkeit dem Bilde zum Grunde? Die Antwort auf diese Frage ist, daß bei allen diesen Männern (Göthe, Lionardo, Schlegel, Schiller, Ariosto) eine bleibende affective Grundstimmung hervortritt, mit dieser aber sich Gebilde in der Vorstellungsform einen (bei Lionardo und Ariosto gewisse Gesichtszüge und andere körperliche Manifestationen, bei Göthe gewisse Bilder und Vergleichungen) 2c. Als affective Stimmung unterscheidet sie sich von dem Zustande, in dem die Vorstellungsform durch die Massen, in welcher die in derselben entstandenen Gebilde hinzutraten, die Oberhand gewann; aber auch von der in der Strebeform fortgehenden Entwicklung. Jenes war der

---

*) So erzählt Vasari von Lionardo da Vinci, daß derselbe an einzelnen Bauerngesichtern vom Lande wegen ihrer Eigenthümlichkeit eine solche Freude gehabt, daß er ihnen Stunden und Tage lang nachgelaufen sei. Er habe solche Leute zu Tisch eingeladen und gemacht, daß sie sich recht wohl fühlten, und er habe sie dann, wenn sie so recht ihre Fratzen machten, beobachtet, um sich dieselben einzuprägen und wieder darzustellen. — Schiller schreibt in seinem Briefwechsel mit Körner, daß die Werke der Begeisterung erzeugt werden, „durch einen unbestimmten Drang nach Ergießung strebender Gefühle; daß das Musikalische eines Gedichtes ihm zunächst und viel öfter vor der Seele schwebe, als der klare Begriff vom Inhalt, über den er kaum mit sich selbst einig." — Interessant ist auch das Beispiel Ariosto's. Schon als Knabe hatte ihn das Leben und Treiben der Menschen so erfaßt, daß er mehrere bramatische Versuche machte. Das hatte seinen Vater gekränkt, der ihn für eine andere Laufbahn bestimmte. So sehr der Sohn ihn aber auch liebte, er konnte seinem Vater hierin nicht nachgeben. Einst hatte dieser ihn abermals hart gescholten, ohne daß der Sohn irgend etwas entgegnete. Kaum war jedoch der Vater aus dem Zimmer, als Ludovico seinem ältern Bruder gegenüber alle Vorwürfe des Vaters eingehend widerlegte. „Warum," sagte dieser, „hast du denn unserm Vater das nicht sogleich geantwortet?" „Ich schreibe jetzt wieder eine Tragödie," war die Antwort, „und hierbei führe ich ebenfalls einen zürnenden Vater ein, der sich ähnlich gegen seinen Sohn ausläßt, wie der Meinige gegen mich. Da hab ich nun während seines Scheltens meinen Vater beobachtet, weil ich solche Manifestationen, wie die seinigen, brauche."

Fall bei denen, die die musikalischen Lustreize zum Studium des Generalbasses, die der Malerei zum Studium der Optik (S. 17) und jeden andern Genuß zu psychischer Analyse verwenden. Dieses trat im angeführten Beispiele von der Mutter ein. Als bleibender (gehaltener) Zustand tritt er den flüchtigen Offenbarungen des Gemüths entgegen, welches wir in vielen Beispielen anschauten. Dieses vom Affectiven durchdrungene Vorstellen ist das **Aesthetische** im Menschen. *)

Ferner. Wird Jemanden ein warmes oder ein tiefes **Gefühl** oder ein warmes und tiefes Gemüth, viel Gefühl oder viel Gemüth zugesprochen; wird gesagt, daß Jemand gemüthvoll oder gefühlvoll, gemüthlos oder gefühllos, von verhärtetem oder verstocktem Gemüthe oder von verhärtetem oder verstocktem Gefühle sei, so dürfte damit kein Unterschied bezeichnet sein. Dies dürfte sich in andern Beispielen wiederfinden, und es ließe sich bei dem allgemeinen Schwanken psychischer Begriffe nicht viel dagegen sagen, wenn Jemand für gut fände, die Summe der affectiven Gebilde, die wir mit dem Ausdrucke Gemüth bezeichneten, mit dem Worte Gefühl zu belegen. Da indeß sich das Wort Gefühl auch noch nach einer andern Richtung hinneigt, so schlägt Beneke vor, es anders und zwar folgendermaßen zu verwenden.

In unserer Seele erstreckt sich unser Bewußtsein fast immer zugleich auf mehrere Gebilde. Der Gelehrte hat neben der logischen oder historischen Gedankenreihe, die sein Bewußtsein einnimmt, in demselben auch die Federn, die Tinte, das Papier, mit denen er seine Arbeit ausführt. Des Fabrikarbeiters Bewußtsein nehmen die Gegenstände seiner Beschäftigung, aber auch die Themata der nächsten Arbeiterversammlung ein. Die Spinnerin beschäftigt sich mit den einzelnen Theilen ihres Spinnrads, während sie zugleich auch an die Thätigkeit denkt, die sie nach der Arbeit ausführen will. Das Mitbewußtwerden des Abstandes zwischen den einzelnen Seelengebilden ist das, was Beneke Gefühl nennt. Zu einem Gefühl gehören demnach immer zwei Seelenthätigkeiten, die eine, welche die Grundlage der Messung bildet, die andere, welche gemessen wird; und es ist sehr wol möglich, daß dasselbe Seelengebilde in uns mit dem Gefühl der Lust und Unlust empfunden wird, je nach dem Gebilde, welches als Messendes daneben tritt. (Eine uns gewordene Anerkennung, eine in unsern Besitz gebrachte preiswürdig gehaltene Waare erfüllt uns mit Lust; gleich nachher mit Unlust, wenn andere Gebilde daneben treten. So, wenn Andere für geringere Verdienste bedeutendere Anerkennung erhielten, noch preiswürdigere Waare erstanden.) Das gewöhnliche Denken hat auch hier seine Begriffe nicht für die Wissenschaft, sondern nur für den Hausgebrauch gebildet, und so spricht es nur da von Gefühl, wo die Bildung der im Bewußtsein aneinander gränzenden Seelenthätigkeiten stärker von einander abweicht, während eine Gruppe oder Reihe von solchen, in welchen dieselbe überwiegend gleich bleibt, als ein Zustand ohne Gefühle betrachtet wird. Ebenso bezeichnet es ja auch das abstracte Denken und die gewöhnliche Darstellungsentwicklung, wie dieselbe sich in einer ruhigen Ueberlegung, in einer mathematischen Gedankenreihe, in einem gleichgültigen Gespräche zeigt, als eine von Gefühlen entblößte Seelenentwicklung.

Endlich. Wer ein reines, frommes, edles, unschuldiges **Herz** hat, besitzt eigentlich ganz die Eigenschaften dessen, den ein reines, edles, frommes, unschuldiges Gemüth ziert. Wer sich etwas zu Herzen nimmt, dürfte ähnlich empfinden wie der, der sich etwas zu Gemüthe zieht. Wer sich mit vollem Herzen oder von ganzem Gemüthe Jemanden zuneigt, wer einen Zug des Herzens oder des Gemüths verspürt, dürfte in ähnlicher Stimmung sein. Dagegen drücken Ausdrücke wie „Sein Herz an etwas hängen," „sein Herz auf etwas richten," „Herz für etwas haben," mehr die Richtung des Strebens aus, und in dieser Betonung des Strebens gegenüber dem Affectiven dürfte der Unterschied zwischen Herz und Gemüth liegen. Die Psychologie kann nur nicht ihre Elemente nach mathematisch

---

*) Gewiß ist hiermit nicht das Wesen des Aesthetischen im Menschen erschöpft; es kam hier nur darauf an, es in seinem Verhältniß zum Gemüth darzustellen.

abgemessenen Bestandtheilen bestimmen, wie der Chemiker seine Ingredienzen, so wird sie also wohl thun, sich in diesen Sprachgebrauch nicht weiter zu mischen, da er dem Leben für seine Haushaltungsbedürfnisse genügt.

*　*　*

Unsere nur langsam fortgeschrittene und ihrem Ziele noch ferne Untersuchung war bis jetzt nicht ohne Beschwerden. Es mußte manches aus dem Wege geräumt, manches geebnet werden, ehe unsere Pfade gebahnt waren, und wir hören noch viele Fragen sich erheben, die für jetzt vergeblich auf eine Antwort warten. Bildet sich das Gemüth in dieser Weise, wird der Erste bemerken, so ist allerdings wol einzusehen, daß es nicht angeboren; doch ist nicht zu begreifen, wie es gerade besonders bei der deutschen und nicht auch bei andern Nationen sich bilden sollte. Und doch scheint es fast so, da kein anderes Volk ein Wort dafür hat. So prosaisch sind also in ihrem Wesen die Kräfte, wird ein Zweiter erinnern, auf Göthe's Libelle hinweisend *), von denen man sagt, daß sie im grauen Haarschmuck die Poesie, die Frische und das Feuer des Jugendalters verleihen, welche die Phantasie des Sculptors vor dem Marmorblock und den Geist des Redners beim Sarge beleben? So kalt diejenigen, die zu den größten Opfern anfeuern? So analytisch faßbar, spricht ein Dritter, sind die Mächte, die nach Aussage der besonnensten Denker kräftiger als irgend etwas auf das Unfaßbare und das Ewige hindrängen, die den Bestand des Religiösen so unzweifelhaft verbürgen und seine Bedeutung als so erhaben hinstellen? Das wesentlich sind die Kräfte, die unter dem Beifalle aller Wohldenkenden in Herrnhuter-Conventen und Quäkersynoden mit eben so großem Nachdrucke sittlich frommes und religiöses Leben forderten, als sie gegen die scharfe logische Ausprägung dogmatischer Formen Gleichgültigkeit zeigten? Das sind die Kräfte, für deren Berechtigung ein Mann von der Bedeutung des unvergeßlichen, edlen Friedrich Heinrich Jacobi, gegenüber Kant, sein Leben einsetzte? und zwar mit dem vollen Bewußtsein, „daß der ein Thor, der sich auf's Gemüth allein verlasse, daß ein solcher in Gefahr sei, bei den glücklichsten Anlagen aufs tiefste zu sinken und in moralische Abgründe zu gerathen, Klippen, die er im Vorbeifahren nahe genug gesehn, um vor ihren Gefahren aufs nachdrücklichste zu warnen." Lassen sich, wird ein noch Andrer bemerken, wenn es im reinen Zustande nicht ohne Gefahr, nicht Beimischungen und Zusätze gewinnen, die die Gefahren mindern, und eine glückliche Entwicklung verbürgen? Welchen Platz soll es überhaupt in der psychischen Entwicklung einnehmen?

Das sind Fragen, die alle gewiß die eingehendste Beleuchtung verdienen, deren Beantwortung wir aber für jetzt nicht einmal versuchen dürfen, da wir weit über Gebühr Raum in Anspruch genommen haben, der uns eigentlich nicht zu Gebote stand. Einstweilen mußten wir unsere Arbeit auf die Arbeit des Scheidens, der Analyse, beschränken, die Synthesis einer fernern Betrachtung vorbehaltend, und wir werden uns nicht wundern, wenn auch wir zunächst erfahren, was das allgemeine Loos der Scheidekünstler ist. **)

Als die Physiker zuerst die Kräfte analysirten, die beim siedenden Wasser den Deckel vom Kochgeschirr hoben, ahnten sie nicht, welchen Umschwung diese Kräfte, in die rechte Verbindung gebracht und recht geleitet als Flügel der Dampfrosse, in der Welt des Verkehrs und der Lebensverhältnisse hervorrufen

---

*) „Die Freude." „So geht es Dir, Zergliederer!"

**) „Wie der Scheidekünstler, so findet auch der Philosoph nur durch Auflösung die Verbindung und nur durch die Marter der Kunst das Werk der freiwilligen Natur. Um die flüchtige Erscheinung zu haschen, muß er sie in die Fesseln der Regel schlagen, ihren schönen Körper in Begriffe zerfleischen und in einem dürftigen Wortgerippe ihren lebendigen Geist aufbewahren. Ist es ein Wunder, wenn sich das natürliche Gefühl in einem solchen Abbilde nicht wieder findet und die Wahrheit im Begriffe des Analysten als ein Paradoxon erscheint?" (Schiller.)

würden. Ungleich größer in ihrer Bedeutung für Frieden, Ruhe und Lebensglück, so glaubt der Psychologe, werden sich die psychischen Kräfte erweisen, wenn einst eine gesunde Analyse ihr Wesen erkannt und eine darauf begründete Pädagogik ihre Leitung übernommen.

Und dann wird auch den Gemüthskräften die ihnen gebührende Anerkennung und eingehende Würdigung nicht fehlen.

Fr. Schweding.

Schulnachrichten.

I. Allgemeine Lehrverfassung.

Das verflossene Schuljahr hat der Gesammtanstalt wiederum eine Erweiterung gebracht, indem die bisherige erste Vorschulklasse in zwei Klassen mit einjährigen Cursen getrennt worden ist, so daß die Vorschule nunmehr aus drei aufeinander folgenden Klassen besteht.

Uebersicht der im Schuljahre 1867—68 behandelten Lehrgegenstände.

1. Gymnasium.

Prima. Ordinarius: Oberlehrer Dr. Volkmann.

Religionslehre 2 St. Evang. Lect. des Evang. Johannis nach dem Grundterte. Kirchengeschichte bis 800 n. Chr. Repetition der Apostelgeschichte, des Römerbriefs und der Augustana. Bibelstellen und Kirchenlieder memoriert. **Volkmann.**

Deutsch und philos. Propädeutik 3 St. Mittheilungen aus der Literaturgeschichte von der ältesten Zeit bis zum 15. Jahrh. Größere Abschnitte aus dem Nibelungenliede und der Gudrun, Lieder Walthers von der Vogelweide gelesen und erklärt. Die Hauptlehren der Logik. Aufsätze über die unten *) angegebenen Themata. **Derselbe.**

Lateinisch 8 St. Ciceros Briefe, Auswahl nach Süpfle, Tacitus Germania. Oberl. Dr. **Liesegang.** Horaz Oden, Buch 3 u. 4 mit Auswahl. Epode 7 u. 16. Epist. B. I, 1. 2. 7. B. II, 1. **Eichhoff.** Mündliches u. schriftliches Uebersetzen aus Süpfle's Aufgaben III. Ertemporalien und freie Aufsätze über die unten **) angegebenen Themata. **Liesegang.**

---

*) 1. Ein nied'rer Sinn ist stolz im Glück, im Leid bescheiden; Bescheiden ist im Glück ein edler, stolz im Leiden. — 2. O weh der Lüge! Sie befreiet nicht, Wie jedes andre, wahrgesprochene Wort die Brust. — 3. a) Man muß das Eisen schmieden, weil es heiß ist. b) Die Gegenwart die Mutter der Zukunft. — 4. a) Welche Züge deutschen Wesens treten uns im Nibelungenliede entgegen? b) Wie kommt es, daß Kriemhilde am Ende des Nibelungenliedes an Werth verliert, Hagen aber gewinnt, je mehr er sich seinem Ende nähert? — 5. a) So halten wir es nun, daß der Mensch gerecht werde ohne des Gesetzes Werk, allein durch den Glauben. b) Weshalb konnte Alexander das persische Reich zerstören, die Griechen aber nicht? — 6. a) Ein treuer Freund, drei starke Brücken: In Freud' und Leid und hinter'm Rücken. b) Vigilandum est semper: multae insidiae sunt bonis. — 7. a) Die That des Brutus war nach politischen Motiven edler, in menschlicher Beziehung unnatürlicher als die des Cassius. (Nach Shakespeare's Julius Cäsar.) b) Charakteristik des Brutus in Shakespeare's Julius Cäsar. c) Brutus u. Cassius. — 8. a) Machet nicht viel Federlesen, Schreibt auf meinen Leichenstein: Dieser ist ein Mensch gewesen, Und das heißt, ein Kämpfer sein. b) Kannst du nicht Allen gefallen durch deine That und dein Kunstwerk, Mach' es Wenigen recht, Vielen gefallen ist schlimm. — 9. Nicht nur im Unternehmen, sondern auch im Beharren und Ertragen zeigt sich der Mann (Klassenarbeit). — 10. Zerbrich den Kopf Dir nicht zu sehr, Zerbrich den Willen, das ist mehr.

**) 1. a) De Claudio Civile. b) Exponitur quantum unus quisque regum Romanorum ad imperium augendum contulerit. — 2. a) Josephus, Jacobi filius. b) Quinam potissimum viri et inter Athenienses et inter Lacedaemonios bello Peloponnesio maxime praestiterint. — 3. a) Themistoclis in consilio sociorum ante pugnam Salaminiam oratio. b) Critiae adversus Theramenem oratio. — 4. Gliscens Lacedaemoniorum et Atheniensium discidium quomodo paulatim in apertum bellum eruperit. — 5. de Achille homerico. — 6. Quaenam deinceps gentes Graeciae obtinuerint principatum. — 7. De vitae genere eligendo. Epistola. — 8. a) Quo iure Horatio saevam Pelopis domum vocaverit. b) Oratio Achillis, qua preces Graecorum aspernatur. — 9. a) Artabanus bellum graecum dissuadet. b) de Oedipode narratio — 10. a) Quam vim locorum natura in res Graecorum publicas habuerit. b) Quibus rebus Hannibal tot victoriis reportatis ex Italia decedere coactus sit.

4

Griechisch 6 St. Thukydides Buch I, c. 88 bis zu Ende. B. II bis c. 55. Platons Meno. Homers Ilias B. XX—XXXIII (incl.) Sophokles König Oedipus. Grammatik nach Berger § 386—396; dann 314—385. Mündliche u. schriftliche Uebungen aus Kühners Anleitung II und nach Dictaten. **Eichhoff.**

Französisch 2 St. Schütz Charakterbilder II. L'Avare von Molière Extemporalien und Exercitien. Oberl. Dr. **Schmeding.**

Hebräisch 2 St. 1 Sam 15—31. Jesaias c 1. 5 6 Psalm 1—20. Einige Kapitel der Genesis. Grammatik nach Gesenius. Schriftliche Uebungen. **Volkmann.**

Geschichte 3 St. Neuere Zeit. Repetition des Alterthums und Mittelalters. **Derselbe.**

Mathematik 4 St. Stereometrie und sphärische Trigonometrie angewandt auf Astronomie. Ebene Trigonometrie. Gleichungen 2. Grades mit einer und mehreren Unbekannten. Reihen. Repetition der Planimetrie. W.-S. Prof. **Köhnen.** S.-S. Oberl. Dr. **Krumme.**

Physik 2 St. W.-S. Optik. **Köhnen.** Im S.-S. wurden die betr. Stunden für die Mathematik verwandt. **Krumme.**

Secunda. Ordinarius: Oberlehrer Dr. Liesegang.

Religionslehre 2 St. a. Evang. Geschichte des Volkes Israel. Lekt wichtiger Abschnitte des A. T., bes. zahlreicher Psalmen. Bibelstellen und Kirchenlieder memoriert. **Volkmann.**

b. Kathol. Die Lehre von der vorchristlichen und christlichen Offenbarung und der Göttlichkeit beider. Die Lehre von der Göttlichkeit der katholischen Kirche. Capl. Dr. **Lepicque.**

Deutsch 2 St. Balladen, didaktische Gedichte, Oden und Maria Stuart wurden gelesen und besprochen. Uebungen im Disponieren. Aufsätze. **Volkmann.**

Lateinisch 10 St. Cicero de imp. Cn. Pompei. Cato Maior. Livius l. III. **Liesegang.** Verg. Aen I, II, III Ovid. Trist. mit Auswahl. Versübungen. G.-L. Dr. **Wilms.** Grammatik nach Berger. Uebersetzen aus Süpfles Aufgaben II. Exercitien, Extemporalien und 3 Aufsätze **Liesegang.**

Griechisch 6 St. Herodot B. VIII bis c. 110, Xenophons Memorabilien B. I, mit Auswahl B. II, c. 1. thlw. **Eichhoff.** Homers Odyss. B. XVII—XX. **Liesegang.** Grammatik. Syntax nach Berger § 245—295, mündl. u. schriftliche Einübung nach Kühners Anleitung und Dictaten. **Eichhoff.**

Französisch 2 St. Lübeckings Chrestomathie II Grammatik nach Plötz II, 4—7. Exercitien und Extemporalien. G.-L. **Schmidt.**

Hebräisch 2 St. Grammatik nach Gesenius. Schriftl. Uebungen in den Formen. Lekt. einzelner Abschnitte der Genesis. **Volkmann.**

Geschichte und Geographie 3 St. Geschichte der orientalischen Völker und der Griechen nach Beck II. Geographie von Asien und Afrika. **Liesegang.**

Mathematik 4 St. Zweite Hälfte der Planimetrie. Geom. Aufgaben. Potenz- und Wurzelrechnung Gleichungen 1. Grades mit 1 Unbekannten. Repetitionen. W.-S. **Köhnen.** S.-S. Cand. **Gallien.**

Physik 1 St. Bewegungslehre, Hydrostatik und Aerostatik. **Dieselben.**

Tertia. Ordinarius: Gymn.-L. Dr. Wilms.

Religionslehre 2 St. a. Evang Messianische Weissagungen. Das Leben Jesu nach Lukas. Mittheilungen aus dem Leben Luthers. Bibelstellen und Kirchenlieder memoriert. **Volkmann.**

b. Kathol. Die Lehre von den Geboten und Gnadenmitteln. **Lepicque.**

Deutsch 2 St. Lekt und Erklärung nach Hopf u. Paulsiek II, 1. Auswendiglernen von Gedichten, freie Vorträge, Aufsätze. **Wilms.**

Latein 10 St. Caesar de b. G. III, IV, V, VI. Ovid. Met. I. Tirocinium v. Siebelis. Döberleins Vocabularium. Syntax nach Berger. Hexameter, Distichon, Trimeter, Versübungen. Mündliche Uebersetzungen und wöchentliche Exercitien aus Süpfle I. Extemporalien **Derselbe.**

Griechisch 6 St. Xenophons Anab. II u. III. Homers Odyssee IX. Attische und homerische Formenlehre nach Berger. Mündl. Uebersetzungen und Exercitien nach Bergers Uebungsbuch Extemporalien. **Derselbe.**

Französisch 2 St. Unregelmäßige Verben. Die reflexiven und unpersönlichen Verben nach Plötz II Lekt aus Lübeding I. Exercitien und Extemporalien. **Schmidt**

Geschichte und Geographie 3 St. Deutsche Geschichte bis 1786, mit besonderer Berücksichtigung der preuß. Geschichte. Geographie von Deutschland. G.-L. Dr. **Bouterwek.**

Mathematik 3 St Erste Hälfte der Planimetrie. Leichtere geom. Aufgaben. Die 4 Spezies mit ganzen und gebrochenen Zahlen. Dezimalbrüche. Gleichungen 1. Grades mit 1 Unbekannten. W.-S. **Köhnen.** S.-S. **Gallien.**

Naturbeschreibung 2 St. Mineralogie Botanik, das Linnésche System u. die wichtigsten Familien. **Dieselben.**

Quarta. Ordinarius: Gymn.-L. Dr. **Bouterwek.**

Religionslehre 2 St. a. Evang. Geschichte des Volkes Israel. Bibelsprüche, Kirchenlieder u. Katechismusstellen memoriert. **Volkmann.**

b. **Kathol.** mit III combin.

Deutsch 2 St. Lekt, Erklärung und Wiedererzählen poet. und prosaischer Abschnitte aus Hopf und Paulsiek I, 3; Satz- und Interpunktionslehre. Aufsätze. Deklamieren von Gedichten. **Bouterwek.**

Lateinisch 10 St. Repetition der Formenlehre und Casuslehre nach Berger. Lekt. aus Heidelbergs Uebungsbuch u. Cornel. Nepos (12 Biogr.) Uebersetzen aus Bergers Uebungsbuch; Auswendiglernen der aus der Lect. gezogenen Phrasen und aus Döberleins Vocabularium. Exercitien und Extemporalien. **Derselbe.**

Griechisch 6 St. Die regelmäßige Formenlehre mit Einschluß der Verba auf $\mu\iota$ nach Berger. Aus dem Uebungsbuche die griech. und deutschen Stücke bis S. 68. Exercitien und Extemporalien. **Gymn.-L. Dr. Foltz.**

Französisch 2 St. Die regelmäßige Formenlehre bis zum Theilungsartikel nach Plötz I. Exercitien und Extemporalien. **Schmidt.**

Geschichte und **Geographie** 3 St. Alte Geschichte bis auf Augustus. Geographie der europäischen Länder außer Deutschland. **Bouterwek.**

Mathematik 3 St. Geometrie: Die gerade Linie, der Winkel, das Dreieck. Arithmetik: Die Grundrechnungen mit ganzen Zahlen. Einfache Gleichungen. **Gymn.-L. Werth I.**

Rechnen 1 St. Wiederholung der früheren Pensa. Regeldetri in Brüchen. **Derselbe.**

Quinta. Ordinarius: Gymn.-L. Dr. **Foltz.**

Religionslehre a. Evang. 3 St. Biblische Geschichten des N. T. nach Zahn. Geogr. von Palästina. Bibellesen und Erlernen von Kirchenliedern und Sprüchen. **Bouterwek.**

b. **Kathol.** 2 St. Die Lehre von den Sakramenten. Bibl. Geschichte des A. T. nach Schumacher. **Lepicque.**

Deutsch 3 St. Der zusammengesetzte und der verkürzte Satz. Aus Hopf und Paulsiek I, 2 pros. und poetische Stücke gelesen, wiedererzählt u. memoriert. Schriftliche Arbeiten in Uebersetzungen, Erzählungen u. Beschreibungen. **Foltz.**

Latein 9 St. Wiederholung des Pensums der Serta. Unregelmäßige Formenlehre; Einiges aus der Syntax nach Berger, Uebersetzung aus Bergers Uebungsbuch bis S. 120. Exercitien. Extemporalien. **Derselbe.**

Französisch 3 St. Die regelmäßige Formenlehre bis zum Theilungsartikel nach Plötz I. Exercitien, Extemporalien. **Schmidt.**

Geographie 2 St. Asien, Afrika, Amerika und Australien, nach Schacht. **Foltz.**

Rechnen. Die gemeinen Brüche und Dezimalbrüche. **Werth I.**

Naturbeschreibung 2 St. Wirbelthiere. Botanik. Das Linné'sche System. R.-L. **Hofmann.**

Serta. Ordinarius: Gymn.-L. **Schmidt.**

Religionslehre. a. Evang. 3 St. Die Geschichten des A. T. nach Zahn. Geographie von Palästina. Mittheilungen aus der Geschichte der Aegypter, Assyrier und Babylonier. Auswendiglernen von Kirchenliedern u. Sprüchen. **Bouterwek.**

b. **Kathol.** comb. mit V.

Deutsch 3 St. Uebungen im Lesen, Erzählen u. Deklamieren. Lehre vom einfachen Satz, verbunden mit Interpunktionslehre. Kleine Aufsätze. **Schmidt.**

Latein 9 St. Die regelmäßige Formenlehre. Mündliche und schriftliche Uebungen aus Heidelbergs Uebungsbuch. Exercitien. **Derselbe.**

Geographie 3 St. Europa, mit besonderer Berücksichtigung von Deutschland, nach Schacht. **Foltz.**

Rechnen 4 St. Numerieren; die 4 Grundrechnungen mit ganzen unbenannten und benannten Zahlen; Theilbarkeit der Zahlen und kleinster gemeinschaftl. Dividuus. Regeldetri in ganzen Zahlen. **Werth I.**

Naturbeschreibung 2 St. Einzelne Spezies von Thieren und Pflanzen. **Hofmann.**

Die nicht Hebräisch lernenden Schüler nahmen größtentheils an dem parallel liegenden Zeichenunterrichte Theil.

Die **Privatlektüre der Primaner,** für welche besonders die freien Studientage benutzt wurden, hatte die Lekt. Ciceronischer Reden, des Sallust und Livius, im Griech. von Homers Ilias;

die der **Sekundaner** Caes. de b. civ. Sall. Cat. Cic. orat. Catil, Homers Odyss. und Herodot zum Gegenstande.

2. Realschule.

Prima. Ordinarius: Oberl. Dr. Schmeding.

Religionslehre a. Evang. 2 St. Glaubenslehre; Römerbrief. Sprüche und Lieder memoriert. R.-L. Dr. **Kirchner.**
b. Kathol. comb. mit G. II.

Deutsch 3 St. Lekt. aus Paulsiek II, 2. Maria Stuart; Götz von Berlichingen; Ernst von Schwaben. Dispositionen und Aufsätze *). **Schmeding**

Latein 3 St. Livius B. 21. Vergil. Aen. B. II. Ovids Tristien mit Auswahl. **Wilms.**

Französisch 4 St. Molière: Le Bourgeois Gentilhomme. Racine: Athalie. Schütz Charakterbilder II. Extemporalien. Uebertragung schwieriger deutscher Prosa ins Französische. Aufsätze. **) **Derselbe.**

Englisch 3 St. Schütz Charakterbilder III. King John. Extemporalien. Aufsätze. ***) **Derselbe.**

Geschichte und **Geographie** 3 St. Deutsche Geschichte, Repetition der engl. und franz. Geschichte. Geographische Repetitionen. **Schmidt.**

Mathematik 6 St. Analyt. Geometrie. Stereometrie und sphärische Trigonometrie, angewandt auf Astronomie u. Krystallographie. Gleichungen, Reihen. **Krumme.**

Physik 2 St. Brechung des Lichts an Kugelflächen. Mechanik fester Körper. Repetitionen. **Derselbe.**

Chemie 3 St. Die Metalle. Repetition des ganzen Pensums. 2 St. Analytische Uebungen im Laboratorium. **Hofmann.**

Secunda. Ordinarius: Oberlehrer Dr. Krumme.

Religionslehre 2 St. comb. mit R. I.

Deutsch 3 St. Lekt. von Schillers Jungfrau von Orleans und aus Paulsiek II, 2. Disponierübungen. Deklamationen. Aufsätze. **Kirchner.**

Latein 4 St. Caesar de b. Gall. V und Anfang von VI. Ovid. Metam. I mit Auswahl. Repetitonen der Formenlehre und Syntax nach Berger. Exercitien und Extemporalien. **Derselbe.**

Französisch 4 St. Lekt. nach Lübeding II. Grammatik nach Plötz II. Exercitien, Extemporalien. **Schmeding.**

Englisch 3 St. Lekt. Walter Scotts Tales of a Grandfather. Grammat. nach Fölsing II. Exercitien. Extemporalien. **Derselbe.**

Geschichte und **Geographie.** Neuere Geschichte von 1789 bis 1815 und Geschichte des Mittelalters bis zu den Hohenstaufen. Geographie von Großbritannien und Irland, Spanien, Türkei, Griechenland, Scandinavien und Rußland mit den bezüglichen Colonien. Repetitionen. **Kirchner.**

Mathematik und **Rechnen** 6 St. Kreisrechnung. Trigonometrie. Gleichungen 2ten Grades mit 1 und mehreren Unbekannten. Reihen. Logarithmen Rechnen aus Schellen II, § 1—30. **Krumme.**

Physik 2 St. Mechanik fester, flüssiger und luftförmiger Körper. Wärme. **Derselbe.**

Chemie und **Naturbeschr.** 3 St. Die wichtigsten Metalloide. Repetitionen aus Zoologie u. Botanik. **Hofmann.**

Tertia. Ordinarius: Religionslehrer Dr. Kirchner.

Religionslehre 2 St. a Evang. Das Evangelium des Lukas, mit Hinzuziehung des Matth. und Markus. Reformationsgeschichte. Katechismus. Sprüche und Lieder. **Kirchner.**
b. Kathol. comb. mit G. III.

Deutsch 3 St. Gedichte und Prosa aus Hopf u. Paulsiek II, 1 gelesen u. erklärt; 10 Gedichte memoriert. Interpunktionslehre. Aufsätze. Realschullehrer **Klanke.**

Lateinisch 5 St. Der kleine Livius von Rothert. Formenlehre und Syntax nach Berger. Exercitien und Extemporalien. **Kirchner.**

---

*) Themata: 1) Der Kaufmannsstand. — 2) Raphaels Schule von Athen. — 3) Graf Leicester nach Schillers Zeichnung — 4) Vertheidigungsrede der Maria Stuart auf die gegen sie erhobene Anklage. — 5) Götz von Berlichingen. — 6) Die Berathschlagung der Geister im Pandämonium (nach Milton). — 7) Der Luxus. — 8) Selbstgewähltes Thema. — 9) „Doch mit des Geschickes Mächten Ist kein ew'ger Bund zu flechten." — 10) Die edleren Gestalten in Shakespeares König Johann.

**) Themata : 1) Vie de Marie Stuart jusqu'à sa rentrée en Ecosse. — 2) La Mort de Hector. — 3) La Conspiration de Babington. — 4) Dialogue entre les Piccolomini, père et fils sur la situation. — 5) Charlotte Corday. — 6) Les Girondins. — 7) Voyage du Comte d'Egmont en Espagne (d'après Schiller). — 8) La vie de Waldstein. — 9) Aperçu serré de la Guerre contre les Albigeois.

***) Themata : 1) The Life of Mary Stuart (Continuation). — 2) The Ring of Polykrates. — 3) Captivity, Confession and End of Babington and his Fellow-Conspirators. — 4) Michael Faraday. — 5) Sir John Franklin. — 6) Robespierre. — 7) Margaret of Parma. — 8) John Lachland. — 9) Williams Invasion of England.

Französisch 4 St. Michaud Ière croisade ch. 1 u. 2. Grammatik nach Plötz II, 15—45, mit Wiederholung der ersten Lektionen. Exercitien und Extemporalien. **Klanke.**

Englisch 4 St. Fölsing I; erste Reihe der Uebungsstücke eingeübt und meist memoriert. Exercit. Extemp. **Derf.**

Geschichte u. Geographie 4 St. Deutsche Geschichte bis 1815. Geographie von Deutschland. **Kirchner.**

Mathematik u. Rechnen. Planimetrie, mit Ausschluß der Kreisrechnung. Geom. Aufgaben. Gleichungen ersten Grades mit 1 und mehreren Unbekannten. Rechnen aus Schellen § 14—22. **Krumme.**

Naturbeschreibung 2 St. W.-S. Mineralogie; S.-S. Botanik. **Hofmann.**

Quarta. Ordinarius: Realschullehrer **Hofmann.**

Religionslehre 2 St. comb. mit IV G.

Deutsch 3 St. Prosaische und poetische Stücke aus Hopf und Paulsiek I, 3 gelesen, erklärt u. wiedererzählt. Gedichte memoriert. Der zusammengesetzte Satz. Interpunktionslehre. Aufsätze. **Werth I.**

Lateinisch 6 St. Aus Jacobs und Dörings Leseb. Res Atheniensium. Grammatik: Die Casuslehre; Wiederholung der Formenlehre. Exercitien; Extemporalien. **Klanke.**

Französisch 5 St. Plötz I, 56 bis zu Ende mit Wiederholung der früheren Lektionen Plötz II, 1—18. Memorieren kleiner Gedichte. Exercitien. Extemporalien. **Derselbe.**

Geschichte und Geographie 4 St. Geschichte der alten Völker nach Beck. Geographie der europäischen Länder außer Deutschland. **Hofmann**

Mathematik 4 St. Geometrie nach Gallenkamp § 1—26 u. 66—68 Arithmetik nach Heis § 1—24 u. 61. **Derf.**

Rechnen 2 St. Einfache u. zusammengesetzte Regeldetri. Proportionen. Kettenregel. Prozentrechnung. Zinsrechnung. **Werth I.**

Naturbeschreibung 2 St. W.-S. Gliederthiere. S.-S Botanik. **Hofmann.**

Technische Fertigkeiten.

A. Gymnasium.

Zeichnen. Prima comb. mit R. II.

Secunda 2 St. wie R. II.

Tertia 2 St. Freihandzeichnen, planimetrisch-linearisches Zeichnen; Anleitung im Tuschen.

Quarta 2 St. Freihandzeichnen, Anfangsgründe des linearischen Zeichnens, Anleitung im Tuschen.

Quinta 2 St. Freihandzeichnen.

Serta 2 St. Elementarunterricht im Freihandzeichnen. Zeichenlehrer **Knoff.**

Schreiben 1 St. Quarta Deutsche, lateinische und griechische Schrift. **Werth I.**

Quinta. W.-S. Deutsche Schrift S.-S. Lateinische Schrift. **Knoff.**

Serta. Ebenso. **Knoff.**

Gesang Serta 1 St. Notenkenntniß; Durtonarten; Treffübungen.

Quinta 1 St. Die Molltonarten. Treffübungen. Einstimmige Volkslieder und Choräle.

Quarta u. Tertia. { Sopran 1 St / Alt 1 St } Volkslieder. Mit Secunda und Prima in 1 St. comb. vierstimmige Choräle, Lieder und Motetten. **Werth I.**

B. Realschule.

Zeichnen. Prima 3 St. Freihandzeichnen in größerer Ausdehnung. Projektionslehre, Perspektive. Architektur- Maschinen- und Planzeichnen. Tuschen und Aquarellieren.

Secunda 2 St. Dasselbe.

Tertia 2 St. wie Gymn. III.

Quarta 2 St. wie G. IV. **Knoff.**

Schreiben. Quarta 2 St. Deutsche und lateinische Schrift. **Werth I.**

Gesang combin. mit den Gymnasialklassen. **Derselbe.**

Gymnastische. Uebungen.

(für beide Anstalten gemeinsam).

Turnen. Im W.-S. turnten 191 Schüler in 4, im S.-S. 139 Schüler in 3 Abtheilungen (die Schwimmschüler waren während der Dauer des Unterrichts dispensiert). Jede Abtheilung 2 St.

1. Cötus, Geräthübungen. Uebungen mit einfacher und doppelter Stützung. Gerwerfen. Barlaufen **Werth II.**

2. u. 3. Cötus. Die leichteren Geräthübungen. Taktische Elementarübungen. Laufen und Springen. **Derselbe.**

4. Cötus. Gliederbewegungen auf der Stelle, Gang-, Lauf-, Marschier- und Springübungen. Uebungen am Schwebebaum. **Werth I.**

Schwimmen. In diesem Sommer nahmen an unsrer Schwimmanstalt Theil 48 Schwimmschüler und 30 Frei-schwimmer unter zwei Schwimmlehrern an je 4 Wochentagen Abends von 5 resp. 4½ bis 8 Uhr. Die Aufsicht und Lei-tung führte, unterstützt von Prof. **Köhnen**, der **Direktor.**

C. Vorschule

in 3 Klassen.

I. Klasse. Klassenlehrer: Werth II.

Religionslehre 3 St. Biblische Geschichte des A. T. nach Zahn. Sprüche und Lieberverse gelernt. **Werth II.**

Deutsch 11 St. Lesen und Hersagen memorierter Stücke. Rechtschreibeübungen nach Heyse, Diktierübungen, Ab-schreiben. — Einiges aus der Wortbildungs- u. Wortformenlehre. — Schriftliches Wiedererzählen kleiner Geschichten. **Ders.**

Geographie 2 St. Die Heimat. Stadt und Kreis Duisburg. Der Regierungsbezirk Düsseldorf. Die Rheinpro-vinz und Westphalen. Norddeutschland. **Schultze.**

Rechnen 6 St. Die 4 Species in Brüchen. **Werth II.**

Schönschreiben 4 St. Deutsche und lateinische Schrift. **Derselbe.**

Gesang 2 St. Elementarübungen. Choräle und Volkslieder nach dem Gehör. **Schultze.**

II. Klasse im W.-S. comb. mit Kl. I, im S.-S. Klassenlehrer: Schuh.

Religionslehre 3 St. S.-S. Biblische Geschichten des N. T. nach Zahn; Wochensprüche u Lieder memoriert. **Schuh.**

Deutsch 9 St. Lesen und Hersagen von Prosastücken und Gedichten. — Rechtschreibeübungen durch Diktieren und Abschreiben. W.-S. **Werth II.** S.-S. **Schuh.**

Rechnen 6 St. Die 4 Species in ganzen, unbenannten und benannten Zahlen. **Dieselben.**

Schönschreiben 6 St. Deutsche Schrift. **Dieselben.**

Singen. Elementarübungen. Choräle und Volkslieder nach dem Gehör. W.-S. **Schultze.** S.-S. **Schuh.**

III. Klasse in 2 Abtheilungen. Klassenlehrer: Schultze.

Religionslehre 4 halbe St. Die einfachsten Geschichten des A. u. N. T. Memorieren leichter Sprüche und Lie-berverse. **Schultze.**

Schreiben u. Lesen 10 St. 1. Abthl. Lesen aus dem Lesebuche (Kinderschatz), Abschreiben und Buchstabieren des Gelesenen. Leichte Dictate. 2. Abth. Lesen und Lautieren aus der (Glabbacher) Fibel, Th. I u. II. Abschreiben, Lautie-ren und Buchstabieren des Gelesenen. **Derselbe.**

Deutsch 2 halbe St. Memorieren und Besprechen leichter Schullieder und Fabeln. **Derselbe.**

Rechnen 10 halbe St. Die 4 Species in ganzen unbenannten Zahlen im Zahlenkreis von 1—100. Abbition und Subtraction mit größeren unben. Zahlen. **Derselbe.**

Schönschreiben 2 St. Die kleinen deutschen Buchstaben zwischen 2 Linien. **Derselbe.**

Singen 4 halbe St. Choräle und einfache Lieder nach dem Gehör. Elementarübungen. **Derselbe.**

Aufgaben bei der Maturitätsprüfung des Gymnasiums und der Realschule im Herbste 1868.

A. Gymnasium.

Religionsaufsatz (Evang.): über Joh. 14, 6 „Christus ist der Weg, die Wahrheit und das Leben".

Deutscher Aufsatz: „Hoffnung und Mäßigung, euch verehr' ich auf einem Altare; Jene nur wecket die Kraft, Diese nur sichert den Sieg."

Lateinischer Aufsatz: Aristotelis illud *οὐ παντὸς ἀνδρὸς εὐτυχίαν φέρειν* exemplis ex rerum Graecarum et Romanarum historia depromptis illustratur.

Lateinisches Scriptum: Auf welche Weise sich Octavian den Weg zur höchsten Gewalt im Staate bahnte (aus Mur. t. IV, 15).

Griechisches Scriptum: Ende des peloponnesischen Krieges, aus Diod. 13, 107.

Französisches Scriptum: Letztes Mahl der Girondisten, nach Lamartine.

Hebräische Arbeit über 1 Könige 18, 20—25.

Mathematische Arbeit über die Aufgaben:

1. **Planimetrie.** Ueber einer gegebenen Linie als Grundlinie ein Rechteck zu konstruiren, welches gleich ist der Summe zweier gegebener Dreiecke.

2. **Trigonometrie.** Gesucht die Entfernung der beiden Strompfeiler der neuen Coblenzer Brücke AA. Gegeben eine Standlinie $BC = 103{,}142$ Rth. auf dem linken Ufer, W. $A_{,}BC = 27^{\circ}\ 52'\ 53''$ W. $A_{,}BC = 45^{\circ}\ 21'\ 35'' < BCA = 37^{\circ}\ 30'\ 52''$, W. $BCA_{,} = 53^{\circ}\ 48'\ 36{,}\ 5''$.

3. **Stereometrie.** Zwei gleiche Kugeln stehen mit ihren Mittelpunkten um den gemeinschaftlichen Radius ab, so daß also der Mittelpunkt der einen Kugel auf der Oberfläche der andern liegt. Der wievielte Theil vom Volumen jeder der beiden Kugeln ist das gemeinsame linsenförmige Stück?

4. **Algebra.** Eine Stadt macht eine Anleihe von 20,000 Thlrn. und wirft im Budget jährlich 1200 Thlr. aus, um damit zunächst die Zinsen zu 5 % zu bezahlen und mit dem Rest das Kapital zu amortisiren. Nach wieviel Jahren wird die Anleihe getilgt sein? —

B. Realschule.

Religionsaufsatz über Röm. 1, 16: „Das Evangelium ist eine Kraft Gottes, selig zu machen alle, die daran glauben."

Deutscher Aufsatz. Der Einfluß der Maschinen auf die Entwicklung der Menschen.

Französischer Aufsatz. La Guerre de Sept ans jusqu'à la bataille de Zorndorf.

Englisches Scriptum. Wie William Pitt die klassischen Sprachen studierte, aus Macaulay.

Mathematische Arbeit über die Aufgaben:

1. **Planimetrie.** Ein Dreieck zu beschreiben, von dem gegeben ist ein Winkel, das Verhältniß der einschließenden Seiten und der Durchmesser des umschriebenen Kreises.

2. **Trigonometrie.** Wenn in einem Dreiecke $\dfrac{tg\ \alpha}{tg\ \beta} = \dfrac{\sin^2 \alpha}{\sin^2 \beta}$, so ist dasselbe entweder gleichschenklig oder rechtwinklig.

3. **Stereometrie.** Welchen Winkel bildet in einem Krystall die Fläche des Oktaeders mit der des Rhombododekaeders?

4. **Algebra.** $x^4 + y^4 = 641$
$xy\ (x^2 + y^2) = 290.$

Physikalische Arbeit 1. (Statik.) Theorie der Dezimalwage. 2. (Optik) Die Wirkungsweise der Loupe und Ableitung der Formel für die Vergrößerung derselben.

Chemische Arbeit. Darstellung der englischen Schwefelsäure und aller dabei vorkommenden Prozesse. —

Vertheilung der Lektionen des Gymnasiums, der Realschule und der Vorschule für das Schuljahr 18 67/68.

Namen.	G. I.	G. II.	G. III.	G. IV.	G. V.	G. VI.	R. I.	R. II.	R. III.	R. IV.	V. I.	V. II.	V. III.	Summa.
Dr. Eichhoff, Director.	Lat. (Hor.) 2. Griech. 6.	Griech. 4.												12 Stunden.
Köhnen, Oberl. und Professor.	Mathem. 4. Physik 2.	Mathem. 4. Physik 1.	Mathem. 3. Naturb. 2.											16 Stunden
Dr. Liesegang, Oberl. Ord. von G. II.	Latein 6.	Latein 5. Griech. 2. Gesch. 3.												19 Stunden.
Dr. Volkmann, Oberl. Ord. von G. I.	Religion 2. Deutsch 3. Gesch 3. Hebr. 2.	Religion 2. Deutsch 2. Hebr. 2.	Religion 2.	Religion 2.										20 Stunden.
Dr. Wilms, G.-L., Ord. von G. III.		Latein 2.	Deutsch 2. Latein 10. Griech 6.				Latein 3.							23 Stunden.
Dr. Bouterwek, G.-L., Ord. von G. IV.			Gesch. und Geogr. 3.	Deutsch 2. Latein 10. Gesch. und Geogr. 3.	Religion 3.	Religion 3.								24 Stunden.
Dr. Foltz, G.-L., Ord. von G. V.				Griech. 6.	Deutsch 3. Latein 9. Geogr. 3.	Geogr. 3.								23 Stunden.
Schmidt, G.-L., Ord. von G. VI.		Franz. 2.	Franz 2.	Franz. 2.	Franz. 3.	Deutsch 3. Latein 9.	Gesch. 3.							24 Stunden.
Werth I., ord. Lehrer des Gym. u. d. Realschule.		Gesang 2.	Gesang 1.	Mathem. 3. Rechnen 2. Schreib. 1.	Gesang 2. Rechnen 3. Turnen 2.	Rechnen 4.				Deutsch 3. Rechnen 2. Schreiben 2.				25 u. 2 Turnstunden.
Dr. Schmeding, Oberl. Ord. von R. I.	Franz. 2.						Deutsch 3. Franz. 1. Englisch 3.	Franz. 4. Englisch 3.						19 Stunden.
Dr. Krumme, Oberl., Ord. von R. II.							Mathem. 6. Physik 2.	Mathem. 6. Physik 2.	Mathem. 6.					22 Stunden.
Klanke, Realschullehrer.									Deutsch 3. Franz. 4. Englisch 4.	Latein 6. Franz. 5.				22 Stunden.
Dr. Kirchner, Religionslehrer und Ord. von R. III.								Religion 2.	Deutsch 3. Latein 4. Gesch. u. Geogr. 3.	Religion 2. Latein 5. Gesch. 4.				23 Stunden.
Hofmann, Reallehrer und Ord. von R. IV.					Naturb. 2.	Naturb. 2.	Chemie 3. praktische Uebung. 2.	Naturb. u. Chemie 3.	Naturb. 2.	Mathem. 4. Gesch. u. Geogr. 4. Naturb. 2.				24 Stunden.
Knoff, Zeichen- und Schreibl.			Zeichnen 2.	Zeichnen 2.	Zeichnen 2. Schreiben 3.	Zeichnen 2 Schreiben 3.	Zeichnen 3.	Zeichnen 2.	Zeichnen 2.	Zeichnen 2.				23 Stunden.
Dr. Lepieque, kath. Religions-Lehrer.	Religion 2.		Religion 2.		Religion 2.									6 Stunden.
Werth II., 1. Vorschullehrer und Turnlehrer.	Turnen 2.		Turnen 2.								Bibl. Gesch. Les. Schreib. Rechnen 24.			24 u. 4 Turn-Stunden.
Schultze, II. Vorschullehrer.											Geogr. 2. Gesang 2.	Bibl. Gesch. Lesen Schrei- ben 2c. 22.		26 Stunden.
Schuh, III. Vorschullehrer.													Bibl. Gesch. Lesen, Schrei- ben, Rechnen, Gesang.	26 Stunden.

II. Auszug aus den Verfügungen der höheren Behörden.

1. Prov.-Schulkollegium, Cobl. 28. Sept. 1867. Erinnerung an die für die Meldung zur Abiturientenprüfung bestimmten Termine (bei den Gymnasien 3, bei den Realschulen 2 Monate vor Ablauf des betr. Schulsemesters) und die Zeit, innerhalb deren sowohl die schriftliche, wie die mündliche Prüfung abgehalten werden soll, nämlich die beiden letzten Monate des betreffenden Semesters.

2. Dasselbe. Cobl. 12. Oft. 1867. Genehmigung des Eintritts des Realschullehrers Klanke in die an der Realschule gebildete Kommission zur Prüfung junger Leute, die behufs ihres Eintritts in den öffentlichen Dienst das Zeugniß einer höheren Schule bedürfen.

3. Dasselbe. Cobl. 19. Dez. 1867. Abschriftliche Mittheilung der Verfügung Er Erc. des Herrn Ministers von Mühler vom 13. Dez. 1867 über die Verhütung öffentlicher Anzeigen von Seiten der Schüler durch die Direktoren.

4. Dasselbe. Cobl. 2. Juni 1868. Hinweisung auf die Bestimmung des Reglements über die Prüfung der Apotheker-Lehrlinge und Gehülfen (§ 3), daß derjenige, welcher die Apothekerkunst erlernen will, die wissenschaftliche Befähigung eines Schülers der Secunda eines Gymnasiums oder einer Realschule I. Ordnung oder der Prima einer Realschule II. Ordn. oder das Abgangszeugniß der Reise von einer höheren Bürgerschule besitzen und den Nachweis dieser Befähigung durch ein Zeugniß darüber, daß er mindestens ein halbes Jahr den Unterricht in einer der genannten Schulklassen mit Erfolg genossen hat, zu führen im Stande sein muß. Für den Fall, daß der Aspirant bisher eine öffentliche Schule nicht besucht hat, muß er sich durch den Direktor eines Gymnasiums oder durch eine Gymnasial-Prüfungs-Commission in Bezug auf die bezeichnete wissenschaftliche Qualifikation prüfen und das betr. Zeugniß ausstellen lassen. Das Attest eines Privatlehrers genügt zu diesem Zwecke nicht.

5. Dasselbe. Cobl. 8. Juni 1868. Verfügung über die Zahl der von jetzt an nach Coblenz einzusendenden Programme (325).

6. Dasselbe. Cobl. 20. Juni 1868. Abschrift der Verfügung Sr. Erc. des Hrn. Ministers von Mühler vom 11. Juni c., durch welche die Direktoren der Gymnasien und Realschulen auf die in der Militär-Ersatzinstruktion für den Norddeutschen Bund vom 26. März c. in §§. 151 bis 155 enthaltenen neuen und wichtigen Bestimmungen hingewiesen werden, nach welchen sie zu verfahren haben. *)

---

*) Diese Bestimmungen treten für die altpreußischen Landestheile vom J. 1869 an in Kraft und sollen deshalb, soweit sie hierher gehören und für das hiesige Publikum von Wichtigkeit sind, hier mitgetheilt werden.

„§. 150. Termin für die Nachsuchung der Berechtigung zum einjährigen Dienst. Die Berechtigung zum einjährig freiwilligen Dienst darf nicht vor vollendetem 17ten Lebensjahre und muß bei Verlust des Anrechts spätestens bis zum 1. Februar des Calenderjahrs nachgesucht werden, in welchem das 20. Lebensjahr vollendet wird.

§. 152. Nachsuchung der Berechtigung zum einjährigen Dienst. Wer die Berechtigung zum einjährigen Dienst nachsuchen will, hat sich schriftlich bei der §. 149 bezeichneten Prüfungscommission zu melden. Der Meldung sind beizufügen: a) ein Geburtszeugniß (Taufschein); b) ein Einwilligungsattest des Vaters, resp. Vormunds; c) ein Unbescholtenheitszeugniß, welches für die Zöglinge der höheren Schulen von dem Direktor resp. Rektor der betreffenden Lehranstalt, für alle übrigen jungen Leute von der Ortspolizei auszustellen ist.

§. 153. Darlegung der wissenschaftlichen Qualifikation im Allgemeinen. Der Nachweis der wissenschaftlichen Qualifikation kann durch Vorlegung von Schulzeugnissen oder durch Ablegung einer besondern Prüfung geführt werden und ist in beiden Fällen bei Verlust des Anspruchs auf die Zulassung zum einjährigen Dienst vor dem 1. April desjenigen Kalenderjahres zu erbringen, in welchem der Betreffende das 20. Lebensjahr vollendet

§. 154. Darlegung der wissenschaftlichen Qualifikation durch Schulzeugnisse. 1) Wer seine wissenschaftliche Qualifikation durch Schulzeugnisse nachweist, ist von der persönlichen Gestellung vor die Prüfungskommission entbunden. 2) Den Nachweis der wissenschaftlichen Qualifikation durch Atteste können nur führen:

a. Diejenigen, welche von einem norddeutschen Gymnasium mit dem vorschriftmäßigen Zeugniß der Reife für die Universität versehen sind.

b. Die Schüler der als vollberechtigt anerkannten norddeutschen Gymnasien und Realschulen erster Ordnung aus den beiden obersten Klassen, gleichviel ob diese Klassen in sich getrennte Abtheilungen haben oder nicht, die Secundaner jedoch nur, wenn sie mindestens ein Jahr der Klasse angehört, an allen Unterrichtsgegenständen Theil genommen, sich das Pensum der Untersekunda gut angeeignet und sich gut betragen haben. Die Zeugnisse hierüber müssen von der Lehrerkonferenz festgestellt sein;

d. Die Schüler der obersten Klasse (II) solcher norddeutschen Progymnasien und höheren Bürgerschulen, welche als einem Gymnasium resp. einer Realschule 1. O. in den entsprechenden Klassen gleichstehend anerkannt sind, wenn sie mindestens 1 Jahr der obersten Klasse angehört, an allen Unterrichtsgegenständen Theil genommen, sich das Pensum der Untersekunda gut angeeignet und sich gut betragen haben. Die Zeugnisse wie ad b.

e. Die Schüler der als vollberechtigt anerkannten norddeutschen Realschulen zweiter Ordnung, welche mindestens ein Jahr die I besucht, an allen Unterrichtsgegenständen Theil genommen, sich das Pensum der Unter II gut angeeignet und sich gut betragen haben. Die Zeugnisse wie ad b.

6. Die Prüfungscommissionen müssen die Schulzeugnisse, welche ihnen vorgelegt werden, in formeller Beziehung einer genauen Prüfung unterwerfen. Falls dieselben den Bestimmungen nicht entsprechen, so wie bei sich erhebenden anderweitigen Zweifeln über die wissenschaftliche Befähigung bleibt es der Prüfungscommission überlassen, die Angemeldeten behufs der vorgeschriebenen Prüfung vorzuladen. —

5

III. Chronik der Anstalt im Schuljahre 18⁶⁷/₆₈.

Der Unterricht in der Vorschule begann am 25. September; die Lektionen des Gymnasiums und der Realschule wurden am 4ten Oktober von dem Direktor mit einer Ansprache an die Schüler über 1 Thess. 5, 14—18 und an die neu eintretenden Lehrer Dr. Schmeding, Oberlehrer an der Realschule, und Dr. Bouterwek, ord. Lehrer am Gymnasium, eröffnet, wobei der erstgenannte vereidigt und der letztere auf seinen früher geleisteten Diensteid verwiesen wurde. Daran knüpfte sich in den einzelnen Klassen die Mittheilung des Stundenplans und der disciplinarischen Bestimmungen durch die Ordinarien.

Leider mußte gleich im Anfange und bis Ende des Jahres 1867 Prof. Köhnen wegen Unwohlseins wiederholt vertreten werden. Auch der kathol. Religionslehrer, Hr. Caplan Dr. Lepieque mußte aus demselben Grunde seine Lectionen vom 19. Oktober bis zum 4. November aussetzen.

Die erste Klassenprüfung des Schuljahres wurde durch alle Klassen der Vorschule, des Gymnasiums und der Realschule, im Beisein der betr. Deputierten des Curatoriums, Hr. Pastor Lic. Krummacher und Hr. Arn. Böninger, vom 9. bis 21. Dezember abgehalten und am 23. Dezember die Lektionen mit einer Schulfeier beschlossen, bei welcher Gymnasiallehrer Dr. Bouterwek nach Vorlesung von Luk. 2 die Umwandlung des Glaubens und Lebens der Menschheit durch Christus schilderte.

Am 3. Januar 1868 wurden die Lektionen in gewohnter Weise wieder begonnen.

Nach einer Mittheilung des Direktors bei der Morgenandacht über die in Ostpreußen herrschende Noth und die allerwärts für dieselbe Statt findenden Sammlungen wurden ihm aus sämmtlichen Klassen des Gymnasiums, der Realschule und der 1. Vorschulklasse zusammen 76 Thlr. 22 Sgr. übergeben und sofort an das betr. Hülfscomité befördert.

Am 30. Januar erfreute uns Hr. Geh. Reg.-Rath Landfermann mit einem Besuche, bei welchem er an mehreren Lektionen der Realschule und des Gymnasiums Theil nahm.

Die zweite Klassenprüfung fand vom 14. bis 24. März in anderen Gegenständen als die erste Statt, mußte jedoch der nothwendig gewordenen Vertretungen wegen abgekürzt werden.

Nachdem nämlich schon vom 7. bis 13. März R.-L. Klanke wegen eines Fußleidens seine Funktionen hatte aussetzen müssen, erkrankte Prof. Köhnen am 23. März wiederum ernstlich und mußte bis zum Schlusse des Semesters durch die Kollegen vertreten werden. Außerdem erforderte die Abwesenheit des G.-L. Dr. Bouterwek zur Turnlehrerprüfung in Berlin verdoppelte Thätigkeit derselben.

Der Geburtstag Sr. Majestät des Königs wurde, da er diesmal auf einen Sonntag fiel, durch eine Vorfeier am Samstag begangen, bei welcher G.-L. Schmidt die Festrede hielt und den Lebensgang unsers Königes, seine Bildung, Studien und Vorbereitung zu seinem hohen Berufe, sodann seine Bestrebungen zur Herbeiführung der Einigung Teutschlands und deren endliche großartige und verheißungsvolle Ausführung dartegte und mit dem Wunsche für ein vollständiges Gelingen derselben unter seiner Regierung schloß. Mit dem Gesange des Schülerchors: „Domine salvum fac regem" wurde hierauf die Feier beschlossen. Der für den Nachmittag beabsichtigte Ausflug der Ordinarien mit ihren Klassen mußte des Wetters wegen vertagt werden, wurde jedoch am 30. bei sehr schönem Wetter ausgeführt.

Am 22. März wohnten die evang. Schüler der beiden oberen Klassen in Begleitung der Ordinarien dem Gottesdienst in der Marienkirche, die mittleren Klassen in der Salvatorkirche dem Gottesdienste bei.

Am 7. April wurde der Unterricht mit einer Schulfeier geschlossen, bei welcher der Direktor die Worte 1 Kol. 3, 7—9 auf die Thätigkeit der Lehrer und Schüler anwandte.

Das Sommersemester wurde am 27. April mit der Prüfung der in die Vorschule neu eintretenden Schüler begonnen, welche durch Trennung der beiden Abtheilungen der 1. Klasse in zwei Klassen zu einer dreiklassigen erweitert worden war. Als dritter Lehrer derselben wurde der von dem Curatorium gewählte Hr. Fr. W. Schuh von Euskirchen in die zweite Klasse eingeführt.

Da die Wiederherstellung des Prof. Köhnen während der Osterferien nicht so weit fortschritt, daß er seine Lektionen mit Beginn des Sommersemesters wieder aufzunehmen vermochte, und eine Badekur für ihn in Aussicht genommen wurde, so mußte für eine ordentliche Vertretung durch einen Mathematiker gesorgt werden. Diesen gelang es dem Unterzeichneten in dem Candidaten des höhern Schulamts Hrn. Gallien aus Emmerich zu finden, dem die Lektionen des Prof. Köhnen mit Ausnahme der Prima Gymn., welche Oberl. Dr. Krumme übernahm, übertragen wurden. Er wurde auch sofort, beim Beginn der Lektionen am 28. April, nach einer Ansprache des Direktors an die Schüler über Joh 15, 9 bis 14, von diesem eingeführt, und hierauf der mehrfach veränderte Stundenplan durch die Ordinarien mitgetheilt.

Die neue Lehrkraft sollte uns bald in besonderer Weise zu Gute kommen, als G.-L. Dr. Wilms am 7. Mai in Folge eines Zahngeschwüres erkrankte und zuerst bis zum 9., dann aber, da das Uebel sich auf die Augen geworfen hatte, wiederum vom 12. bis 19. Mai vertreten werden mußte.

Am 28. Mai verabschiedete sich Hr. Landrath Keßler, von dem Curatorium, dessen Präsidium er bis dahin geführt, überhäufter anderweitiger Berufsgeschäfte wegen aber niedergelegt hatte und führte an seine Stelle den von dem Königlichen Ministerium dazu ernannten Bürgermeister a. D. Herrn Schlegtenbal als Präses des Curatoriums ein. Der Unterzeichnete sprach hiebei dem Hrn. Landrathe den Dank der Anstalt für die ihr seit fast 18 Jahren geleisteten Dienste und die Hoffnung aus, daß er derselben auch ferner seine Theilnahme widmen werde, und hieß dann den Hrn. Bürgermeister Schlegtenbal a's früheres Mitglied dieses Kollegiums willkommen.

Wegen der Pfingstfeiertage wurde, der gesetzlichen Bestimmung gemäß, am 29. Mai der Unterricht bis zum 3. Juni eingestellt und am 4. wieder aufgenommen.

Am 22. Juni wie am 14. Juli und 6. August wurden wegen der besonders in den Klassenzimmern schon am Morgen drückenden Hitze die Nachmittagstunden ausgesetzt.

Am 3. Juli wurden zur Feier der Erinnerung an die glorreiche und für ganz Deutschland so entscheidende Schlacht bei Königgrätz von den Schülern des Gymnasiums und der Realschule gleich am Morgen, von denen der Vorschule am Nachmittag, unter Führung ihrer Klassenlehrer, Ausflüge nach verschiedenen Seiten, insbes. in das schöne Ruhrthal untergekommen und trotz des zum Theil ungünstigen Wetters ohne Unfall ausgeführt.

Am 14. Juli ertrank beim Baden in der Ruhr der Realsekundaner Wilhelm Gauby, ein fleißiger Schüler, der aber nicht schwimmen gelernt und keine Erlaubniß zum freien Baden nachgewiesen hatte. Bei der Morgenandacht des folgenden Tages wurde vor sämmtlichen Schülern dieses schmerzlichen Ereignisses gedacht, und der Direktor wies nach einer Erinnerung an die früheren Opfer eines solchen Badens auf die ernste Warnung vor dem Ungehorsam hin, welche dasselbe enthalte. Am 16. Morgens 7 Uhr wurde die Leiche von sämmtlichen Lehrern und Schülern zum Kirchhofe geleitet und vor und nach der Grabrede des Hrn. Pastor Ohlhues einige Verse des Liedes: „Jesus, meine Zuversicht ꝛc. ꝛc." von denselben gesungen.

Vom 27. Juli bis zum 8. August wurde die dritte Quartalprüfung durch alle Klassen des Gymnasiums, der Realschule und der Vorschule abgehalten.

Am 19. August fand unter dem Vorsitze des Hrn. Geh. Reg.-Rathes Landfermann die mündliche Maturitätsprüfung dieses Schuljahres Statt, zu welcher sich 1 Abiturient der Realschule und 7 Abiturienten des Gymasiums gestellt hatten. Es wurden jedoch sowol der Realabiturient Friedrich Curtius von hier, und zwar mit dem Prädikat „gut bestanden," als auch die Abiturienten des Gymnasiums: Eduard Bausch, Edmund Fuchs, Georg Keßler und August Noël von derselben dispensiert, und mit ihnen erhielten auch die 3 übrigen, unten 37 aufgeführten das Zeugniß der Reife.

IV. Statistische Nachrichten.

1. Lehrerpersonal und Frequenz.

Wie im vorjährigen Programme schon angekündigt wurde (p. 31), ist im Gymnasialkollegium an die Stelle des nach Emden berufenen Oberl. Holle der Gymnasiallehrer Hr. Dr. Bouterwek von Elberfeld und im Realschulkollegium zum Ersatz des nach Berlin abgegangenen Oberlehrer Fischer der Oberlehrer Hr. Dr. Schmeding von Oldenburg mit dem Beginne des Schuljahres eingetreten.

Ueber den Lebensgang des ersteren sind mir folgende Notizen mitgetheilt:

„Dr. Rudolf Bouterwek, Sohn des Gymnasialdirektors, Prof. Dr. Bouterwek in Elberfeld, geb. den 8. Jan. 1840 zu Wabern bei Bern, wo sein Vater damals eine Erziehungsanstalt besaß, erhielt seine wissenschaftliche Vorbildung auf dem Gymnasium in Elberfeld, dessen Direktion sein Vater 1844 angetreten hatte. Er studierte 1857—1861 in Bonn und Halle Philologie und wurde 1861 zum Doctor phil. promovirt. Von dem Provinzial-Schulrath für die Provinz Sachsen, Hr. Dr. Heiland aufgefordert, übernahm er Ostern 1861 provisorisch die Stelle eines dritten ordentl. Lehrers an der Klosterschule zu Roßleben und unterzog sich von dort aus im Dezember deß Jahres dem Staatsexamen in Halle. Am 5. Oktober 1862 wurde er an der gen. Klosterschule definitiv als zweiter ordentl. Lehrer angestellt und verblieb in dieser Stellung bis Herbst 1866. Der Wunsch, dem Rheinlande wieder anzugehören führte ihn nach 5½ jähriger Thätigkeit in Roßleben an das Gymnasium in Elberfeld, wo er ein Jahr blieb, um alsdann zu dem hiesigen Gymnasium als zweiter Gymnasiallehrer überzugehen.

Er veröffentlichte: Lucretianae quaestiones grammaticae et criticae, 1861; De Lucreti codice Victoriano (Prog. Rossl. 1865); das erste Buch des Lucilius, nebst zwei Fragmenten aus Servius (Rhein. Museum für Philologie, Jahrg. 1866); Quaestiones Lucilianae. Commentatio prosodiaca, metrica, critica. (Progr. des Gymn. in Elberfeld) und eine Recension in der Zeitschrift für Gymnasialwesen. —"

Ueber ben Lebensgang des an der Realschule als erster Oberlehrer eingetretenen Hrn. Dr. Schmeding ist Folgendes berichtet:

Dr. Friedrich Schmeding ist geboren ben 8. Oktober 1824 zu Altenhuntorf im Oldenburgischen, woselbst sein Vater Lehrer und Organist war. Balb baraus wurde derselbe nach Westerstede versetzt, wo Dr. Schm. seine Kinderjahre verlebte. Zum Volksschullehrer bestimmt, erhielt er seine Ausbildung im Oldenburger Seminar. Bernhard Becker, Sohn des bekannten Grammatikers, regte ihn zu höheren Studien an und bereitete ihn für dieselben vor.

Im J. 1850 ging er zum Studium des Französischen nach Genf und Paris und bestand nach seiner Rückkehr im J. 1852 die Prüfung der Candidaten des höheren Lehramtes. Nachdem er schon vorher an mehreren Elementarschulen im Oldenburgischen gearbeitet hatte, wurde er nach vollendetem Examen an der höheren Bürgerschule baselbst angestellt. Nach seinem Examen ist er wiederholt in Genf und Paris gewesen und hat etwa 12—14 mal England besucht. Im Englischen wurde ihm der Unterricht bei Sr. Hoheit dem Herzog Elimar von Oldenburg anvertraut. Im Herbst 1865 bot ihm der Oberstaatsanwalt Hr. Turretini in Genf die Führung seines 21 jährigen Sohnes an, der nach vollendeten Studien Italien bereisen sollte. Zu dieser Reise wurde ihm ein fast halbjähriger Urlaub von den Oldenburg'schen Behörden bewilligt In einer kleinen Schrift: „Drei Monate in Rom" hat er einen Theil seiner damaligen Erlebnisse niedergelegt.

In Oldenburg hat derselbe 5 Programmabhandlungen geschrieben, die folgende Themata behandelten: Ueber Unterricht in neueren Sprachen Ueber die Bildungselemente in der Erlernung fremder Sprachen, namentlich den neueren. Ueber die Erkenntniß des Menschen vom Leben seiner Seele Ueber den Aufenthalt der Candidaten der modernen Philologie im Auslande.‘‘

An die Vorschule ist zu Ostern b. J. (s. S. 34) als dritter Lehrer Hr. Schuh berufen worden, dessen Lebenslauf in Folgendem angegeben ist:

„Friedrich Wilhelm Schuh, Sohn des verstorbenen Lehrers Schuh in Altwied bei Neuwied, geb. ben 2. Juni 1838, besuchte bis zum 12. Jahre die Schule seines Vaters, dann die höhere Stadtschule in Neuwied und wurde in den Jahren 1856—58 in dem dortigen Schullehrerseminar zum Lehrer gebildet, barnach von der Königl. Regierung in Coblenz zum Lehrer und Organisten der evang. Gemeinde Oberwinter a. Rh. ernannt. Am 1. Oktober 1861 wurde er zum Lehrer und Organisten der evangel Gemeinde in Euskirchen berufen und arbeitet seit Ostern b. J an der zweiten Klasse der hiesigen Vorschule." —

Die Schülerzahl der Gesammtanstalt betrug im Wintersemester 18⁶⁷/₆₈ 344, 31 mehr als im entsprechenden Semester des vorhergehenden Schuljahres, im Sommersemester 340, 29 mehr als im Vorjahre. Die Vertheilung nach den Klassen, der Confession und der Heimath war folgende:

im Wintersemester:

		Schüler		evang.		kath.		israel.		einheim.		auswärt
Gymnasium	Cl. I	17	; darunter	17	„	—	„	—	„	5	„	12
	II	17	„	„ 16	„	1	„	—	„	7	„	10 „
	III	29	„	„ 27	„	2	„	—	„	14	„	15 „
	IV	15	„	„ 14	„	1	„	—	„	9	„	6 „
	V	41	„	„ 35	„	6	„	—	„	37	„	4 „
	VI	49	„	„ 29	„	18	„	2	„	45	„	4 „
	Sa.	168	„	„ 138	„	28	„	2	„	117	„	51 „
Realschule	Cl. I	4	, darunter	3	evang.,	1	kath.,	—	israel,	3	einheim.,	1 auswärt.
	II	15	„	„ 15	„	3	„	—	„	13	„	5 „
	III	23	„	„ 23	„	3	„	2	„	21	„	7
	IV	28	„	„ 19	„	8	„	1	„	20	„	8 „
	Sa.	78	„	„ 60	„	15	„	3	„	57	„	21 „
Vorschule	Cl. I	59	; darunter	52	evang.,	7	kath.,			58	einheim.,	1 auswärt.
	II	39	„	„ 30	„	9	„			39	„	— „
	Sa.	98	„	„ 82	„	16	„			97	„	1 „

im Sommersemester:

		Schüler		evang.		kathol.		israel.		einheim.		auswärt
Gymnasium	Cl. I	15	; darunter	15	evang.,	—	kathol.,	—	israel.,	4	einheim.,	11 auswärt.
	II	16	„	„ 15	„	1	„	—		6	„	10 „
	III	27	„	25		2		—		13	„	14 „
	IV	15	„	„ 14		1	„	—		10	„	5 „
	V	40	„	„ 32		8	„	—		36	„	4 „
	VI	47	„	„ 30	„	15	„	2		44	„	3 „
	Sa.	160	„	„ 131	„	27	„	2		113	„	47 „

Realschule	Cl. I	3 Schüler,	darunter	2 evang.,		1 kath.,		— israel.,		3 einheim.,		— auswärt.	
	II	15	„	„	14	„	1	„	—	„	11	„	4	„
	III	23	„	„	20	„	2	„	1	„	17	„	6	„
	IV	25	„	„	17	„	7	„	1	„	19	„	6	„
	Sa.	66	„	„	53	„	11	„	2	„	50	„	16	„

Vorschule	Cl. I	36 Schüler,	darunter	29 evang.,		7 kathol.,		34 einheim.,		2 auswärt.	
	II	36	„	„	30	„	6	„	35	„	1	„
	III	42	„	„	33	„	9	„	41	„	1	„
	Sa.	114	„	„	92	„	22	„	110	„	4	„

Befreiung vom ganzen Schulgeld genossen durch Beschluß des Curatoriums im W.-S. im Gymn. 12, in der Realschule 8 Schüler; im S.-S. im Gymn. 15, in der Realschule 5 Schüler; vom halben im W.-S. im Gymn. 6, in der Realsch. 1 Sch.; wegen vorschriftsmäßiger Ansprüche waren ganz befreit im W.-S. im Gymn. 8, in der Realschule 2, in der 1. Vorschulkl. 4 Schüler; im S.-S. im Gymn. 7, in der Realschule 1, in der 1. Vorschulklasse 4 Schüler.

Während und am Schlusse des Wintersemesters verließen das Gymn. 10. die Realschul 8, die Vorschule 2 Schüler.

Mit dem Schlusse des Schuljahres werden, mit dem Zeugnisse der Reife versehen, ausscheiden:

a) Aus dem Gymnasium:

Eduard Bausch aus Inden bei Jülich, ev. Conf., 19 J. alt, 2 J. im G. und in Pr., z. Stud. d. Theologie.

Edmund Fuchs aus Duisburg, ev. Conf., 18 J. a., 9 J. im G., 2 in Pr., z. St., der Jurisprudenz.

Gustav Haarmann aus Witten, ev. Conf., 20 J. a., 6½ J. im G., 2 J. in Pr., z. Stud. der Jurisprudenz.

Georg Keßler aus Duisburg, ev. Conf., 17 J. a., 10 J. im G., 2 in Pr., z. St. der Jurisprudenz u. Cameralia.

Friedrich Mohn aus Heiligenhaus, ev. Conf., 19 J. a., 5 J. im G., 2 J. in Pr., z. St. der Theologie.

August Noël aus Duisburg, ev. Conf., 19 J. a., 7 J. im G, 2 J. in Pr., z. St. der Theologie.

Otto Seeger aus Mülheim a. d. Ruhr, ev. Conf, 19 J. a., 2 J. im G. u. in Pr., z. St. der Theologie.

b) aus der Realschule:

Friedrich Curtius aus Duisburg, ev. Conf., 18 J, a., 10 J. in der Anstalt und 2 J. in I, zur Industrie.

2. Bibliothek, Lehrmittel und Sammlungen.

Die **Bibliothek des Gymnasiums und der Realschule**, unter der Verwaltung des Hrn. Dr. Wilms, besitzt augenblicklich 2872 Werke in c. 7200 Bänden.

Im J. 18⁵⁷/₆₈ wurde sie im Ganzen ebenso benutzt wie im vorher verflossenen Jahre (760 Bde. an 32 Entnehmer).

Der Etat beträgt für das Gymnasium 150 Thlr., für die Realschule 80 Thlr.

Die Erwerbungen der Bibliothek in diesem Jahre waren:

a) Geschenke.

Vom Königl. Prov. Schul-Collegium in Coblenz: Gerhardt, Zeitschrift für Archäologie.

Von Herrn Bürgermeister Keller: Verwaltungsbericht der Stadt Duisburg für 1866.

Von der hiesigen Handelskammer: Jahresbericht für 1867.

Vom hiesigen wissenschaftlichen Verein: Lindenschmid, Alterthümer aus heidnischer Vorzeit. Mainz.

Von Hrn. Theod. vom Rath: Stenographische Berichte über die Verhandlungen des Reichstages des Norddeutschen Bundes im Jahre 1867. — Zeitschrift des bergischen Geschichtsvereins. Bonn, Marcus.

Von Hrn. Sanitätsrath Mundt: Graumüller, J. Ch. Fr., Handbuch der pharmaceutisch-medicinischen Botanik. Eilenburg 1813. 5 Bde. — Zimmermann, J. G. Ueber die Einsamkeit. Leipz. 1784. 4 Bde. u. s. w.

Von Hrn. Oberlehrer Fischer: de Limiers, les oeuvres de Plaute en Latin et en Français. Amst. 1719. 12, 10 Bde. — Cellarius, Chr. C. Silii Italici de bello Punico sec. libr. XVII. Lips. 1695. — Tarteron, P. c. j. Oeuvres d'Horace, traduites en francais. Amst. 1710.

Von Hrn. Dr. med. Weber: Dümmler, Ernst, Geschichte des Ostfränkischen Reiches. Berl. 1862. 2 Bde. — Friedländer, L, Darstellungen aus der Sittengeschichte Roms in der Zeit von August bis zum Ausgang der Antonine. 2te Aufl. Lpz. 1865. 2 Bde. — Perthes, Clem. Theod. Politische Zustände und Personen in Deutschland zur Zeit der französischen Herrschaft. 2te Aufl. Gotha 1862. —

Von Hrn. Dr. Wilms: Feldbausch, F. E. Zur Erklärung des Horaz. 1 Bdchn. Oden und Epoden. Heidelberg. 1851.

Von Hrn. Oberregierungsrath Konopacki in Aachen Horatii carm. a rec. et cum not Bentlcii. 1826. 2 Bde.

Vom Verleger: Englmann, Lic. Mittelhochdeutsches Lesebuch mit Anmerkungen u. s. w. München. 1866. — Klöden, G. A. v., Lehrbuch der Geographie, zum Gebrauche für Schüler höh. Lehranstalten. 4. Aufl. Berl. Weidmann 1867.

Vom G.-Secundaner Raithelhuber: Bräm, A., Israels Wanderung von Gosen bis zum Sinai. Elberf. 1859. — Commentar über den Brief des Apostels Paulus an die Römer. Tüb. 1825. — Handbüchlein der Missionsgeschichte und Missionsgeographie, herausgegeben v. Calwer Missions-Verein. Stuttg. 1846. —

Vom G.-Secundaner Fr. Wolf: Biblia sacra.

Von den Realtertianern Böllert u. Bresser: Geogr. Jahrbuch v. Behm. Bd. I u. II.

b. Aus den etatsmäßigen Mitteln wurden angeschafft:

1. Zeitschriften. Centralblatt für die gesammte Unterrichtsverwaltung. — Rheinisches Museum. — Jahn's Jahrbücher — Zeitschrift für Gymnasialwesen. — Literarisches Centralblatt. — Sybel's histor. Zeitschrift. — Petermann's Mittheilungen. — Jahrbücher des Vereins der Alterthumsfreunde in Rheinland. — Neue Jahrbücher für Turnkunst. — Poggendorf's Annalen. — Schlömilch und Kahl, Zeitschrift für Mathematik und Physik. —

2. Fortsetzungen Brehm's Thierleben. — Bunsen's Bibelwerk. — Koberstein, Grundriß der deutschen Literaturgeschichte. — Herzog, Realencyclopädie. — Schmidt, Encyclopädie der Erziehungswissenschaften. — Ersch und Gruber, Encyclopädie. — Droysen, Politik des Preuß. Staates. — Klöden, Geographie. — Lacomblet, Archiv für die Geschichte der Niederrheins. — Peter, Geschichte Roms. — Geschichte der Wissenschaften, München u. s. w. — Carrieire, die Kunst im Mittelalter.

3. Ferner. Weiße, Chr. H., Kleinere Schriften zur Aesthetik und ästhetischen Kritik. Lpz. 1867. — Heppe, H., Geschichte der evangelischen Kirche von Cleve-Mark und der Provinz Westfalen. Iserl. 1867. — Wiese, L., Verordnungen und Gesetze für das höhere Schulwesen in Preußen. Berl. 1867. 1868. 2 Bde. — Curtius, G., Griechische Schulgrammatik. 8te Aufl. Berl. 1868. — Krüger, K. W., über Herrn Prof. G. Curtius Griech. Formenlehre. Berl. 1867. — Aken, A. F., Grundzüge der Lehre vom Tempus und Modus im Griech. hist. u. vergl. Rost. 1861. — Schäfer, W., Abriß der Quellenkunde der Griech. Geschichte bis auf Polybius. Lpz. 1867. — La Roche, J. Homeri Odyssea ad fid. opt. cod. I. Lips. 1867. — Adagia. Typis Wechelianis. 1643 — Tyndall, J., Sound, a course of eight lectures etc. Lond. 1867. — Werner, Leitfaden zum Studium der Krystallographie. Hann 1867. — Mayer, J. R, die Mechanik der Wärme. Stuttg. 1867. — Zamminer, Fr., die Musik und die musikalischen Instrumente in ihren Beziehungen zur Akustik. Gießen. 1855. — Geiser, C. F., Die Theorie der Kegelschnitte in elementarer Darstellung. Lpz. 1867. — Neander, Aug., über den Kaiser Julianus und sein Zeitalter. 2te Aufl. Gotha. 1867. — Der Feldzug von 1866 in Deutschland. Redigirt von der kriegsgeschichtlichen Abtheilung des großen Generalstabs. Berl. 1867. — Taubmann, Fr. M. Accii Plauti comediac. 1612. — Homeri Odissea, verdeutscht durch M. Simon. Minervium. Frankf. 1570. — Gruppe, O. F., die römische Elegie. Leipzig 1838. — Lobeck, Chr. Aug., Pathologiac sermonis Graeci prolegomena. Lips. 1843. — Keil, C. Fr. u. Delitzsch, Fr., Biblischer Commentar über das alte Testament. Lpz. 1863. — Becker, Imm., Aristotelis ethica Nicomachea. Berol. 1845. — Heinrich, O. Fr., des Ael. Persius Flaccus Satiren ber. u. erläutert. Lpz. 1844. — Fichte, Joh. Gottl. Sämmtliche Werke, herausgeg. von J. H. Fichte. Berl. 1845. 8 Bde. — Dechen, v., Geognostischer Führer in das Siebengebirge am Rhein. Bonn 1861. — Dechen, v., Geognostischer Führer zu der Vulanreihe der Vorder-Eifel. Bonn 1861. — Dechen, v., Geologische Karten der Section Wesel, Lüdenscheid, Düsseldorf, Dortmund. — Euripidis supplices et Iphigenia in Aulide et in Tauris cum annot. Marklandi, Porsoni all. Lips. 1822. — Radau, l'acoustique. Paris 1867. — Müller, C. O., Sexti Pompei Festi de verborum significatione quae supersunt cum Pauli epitome. Lips. — Lachmann, über die ersten 10 Bücher der Ilias. Berl. 1873. — Buttmann, Ph. Ueber das Geschichtliche und die Anspielungen im Horaz. 1808. — Zell, C., Aristotelis ethicorum nicomacheorum ll. X. voll. 2. Heidelb. 1820. — J. Lahusen, Beiträge zur Charakterologie, mit bes. Berücksichtigung pädagogischer Fragen. 2 Bde. Lpz. 1867. — Schäfer, Arn., Geschichte des siebenjährigen Krieges. 1. Bd. Berl. 1867. — Fichte, J. H., Joh. Gottl. Fichte's Leben und literarischer Briefwechsel. 2 Bde. Lpz. 1862. — Gube, C., Erläuterungen deutscher Dichtungen. Nebst Themen. Lpz. 1866. — Jacob, Fr., Horaz und seine Freunde. Berl. 1852. — Haacke, Aug., Aufgaben zum Uebersetzen in's Lateinische für III. 2. Aufl. Berl. — Roeder, Wilh., Formenlehre der griechischen Sprache für Gymnasien. Berl. 1867. — Carriere, M. Das christliche Alterthum und der Islam in Dichtung, Kunst und Wissenschaft. Lpz. 1868. — Minckwitz, Joh. Lehrbuch der deutschen Verskunst oder Prosodik und Metrik. 5te Aufl. Lpz. 1863. — Sommer, W., Hand- und Hülfsbuch für den Unterricht im deutschen Aufsatze in Unter- und Mittelkl. höh. Lehranstalten. 2te Aufl. Köln 1867. — Köne, J. R. Heliand oder das Lied vom Leben Jesu. Urschrift nebst Uebers. u. Wörterverzeichniß. Münster 1855. — Graff, E. G., Krist von Ottfried. Königsberg 1831. — Moigno, Abbé, Leçons de mécanique analytique. Statique Paris 1868. — Stewart Balfour, an elementary treatise on heat. Oxford 1866. — Arendt, Rud., Lehrbuch der anorganischen Chemie. Lpz. 1868. — Arendt, Rud., Organisation, Technik und Apparat des Unterrichts in der Chemie. Lpz. 1868. — Thiel, C. P. Virgilii Mar. Aeneis. Lpz. 2 Bde. — Nauck, Aug., Tragicorum Graecorum fragmenta. Lpzg. 1856. — Ribbeck, O., Comicorum Latinorum reliquiae. Lpzg. 1855. — Corßen. W., Ueber Aussprache, Vokalismus und Betonung der lateinischen Sprache. 2 Bde. Lpzg. 1858. — Buttmann, Ph., Ausführliche griechische Sprachlehre. Berl. 1819. 2 Bde. — Ribbeck, O., Tragicorum Latinorum reliquiae. Lpzg. 1852. —

Die Schülerbibliothek, unter derselben Leitung, besteht aus 936 Bänden. — Etat 30 Thlr.

etatsmäßigen Mitteln wurden angeschafft:

————, deutsche Geschichte. Hannover 1866. — Tom Brown's Schuljahre. Gotha 1867. — Buch der Erfindungen, Ergänzungsbände. Lpz. 1868 — Erlebnisse eines protestantischen Glaubenszeugen, übers. von H. A. Delberg. Erlangen 1867. — Osterwald, Erzählungen aus der alten deutschen Welt. Halle 1867. — id. Erzählungen aus der Welt der Griech. Tragiker. Halle 1868. — Cohn, Ad., Kaiser Heinrich der Zweite. Halle 1867. — Horn, W. von. Der Rhein in Geschichte und Sage. Wiesb. 1867. — Schauenburg, Reisen in Centralafrika, Fortsetzung. — Gruppe, O. F. Vaterländische Gedichte. Neuruppin 1866. — Reise der Fregatte Novara von Scherzer. Wien 1864. 2 Bde. — Andree, R., Wirkliche u. s. w. Robinsonaden. Lpz. 1868. — Horn, aus den Silberminen der Corbillere be los Andes. Wiesb. — id. Eine Meuterei im stillen Meere. Wiesb. — id. Ernst der Fromme, Herzog von Gotha. Wiesb. — id. Der Overseer. Wiesb. — Fliedner, die Märtyrer der evangelischen Kirche. Kaiserswerth. 4 Bde.

An Geldgeschenken gingen für die **Schulbibliothek** ein:

Von dem Abiturienten des vorigen Herbstes Hugo Gerbes 3 Thlr.

Wilhelm Usener 5 Thlr.

Für die **Schülerbibliothek** und das Zeichnen:

Von dem abgeg. Sekundaner August Bruckhaus 6 Thlr.

Die **Unterstützungsbibliothek** (unter Verwaltung des Hrn. Oberlehrer Dr. Liesegang) erhielt Geschenke von Schulbüchern durch Hrn. Oberl. Dr. Fischer, Sanitätsrath Mund und Reimer's Buchhandlung in Berlin; ferner von den Abiturienten Usener, Eickershof, Gerbes, dem abgeg. Gymn.-Primaner Herm. Wilms und dem abgeg. Gymn.-Sekundaner Gottl. Raithelhuber.

Angeschafft wurde: Gesenius hebr. Grammatik. Hollenberg hebr. Lesebuch. Schenkl deutsch-griech. Wörterbuch, Sallust erklärt v. Dietsch. Historisches Quellenbuch zur alten Geschichte, von Herbst.

Eine werthvolle Acquisition machte das Gymnasium durch eine in den Räumen der Bibliothek aufgestellte und dem Gymnasium als Eigenthum überwiesene **Sammlung von germanischen und fränkischen Urnen, Waffen und Gläsern.** Die fränkischen Alterthümer wurden auf dem Terrain des Herrn Carl Böninger jr. vor einigen Jahren ausgegraben und von demselben theils damals schon, theils später geschenkt. Die germanischen Urnen wurden zum größten Theile in dem ungeheuren germanischen Todtenfelde gefunden, welches außerhalb der sogenannten Landwehr von der Ruhr über den Grunewald sich mit Unterbrechungen bis nach Großenbaum erstreckt. Einige stammen aus dem ebenfalls germanischen Todtenfelde von Hamborn. — Bei den Ausgrabungen haben die Schüler unserer Anstalt auf das eifrigste Hülfe geleistet. Eine größere Ausgrabung wurde von Seiten des „Wissenschaftlichen Vereins" veranstaltet. — Die vorhandenen Alterthümer, welche nicht bloß für die engere Localgeschichte von großem Interesse sind, sondern auch manches Licht auf die älteste Geschichte unseres Rheinlandes werfen, werden mit ihren historischen Beziehungen demnächst vom Gymn.-Lehrer Dr. Wilms veröffentlicht werden. —

Der **Münzsammlung** wurden mancherlei einzelne Münzen von Freunden der A——lt. Eine kleine Collection von Römischen und neueren Münzen schenkte Herr W. Groß.

Für das **physikalische Cabinet** wurde geschenkt:

Von Hr. Friedr. Curtius 30 Thlr. zur Anschaffung akustischer Apparate.

Von Hr. Siegfried Stein Geißlers Apparat zur Erzeugung von Elektrizität ——ch Reibung von Quecksilber an Glas.

Von Hr. Oberl. Dr. Krumme 15 Thlr.

Aus dem etatsmäßigen Fonds wurde angeschafft:

Quinckes Apparat zur Demonstration der Interferenz des Schalles. — Eine Serie offener Glaspfeifen, angeblasen die Tonleiter gebend. — Mellonis Thermomultiplikator nebst Zubehör. — Geißler Apparat zum Erkalten des Wassers unter den Gefrierpunkt, ohne daß es zu Eis wird. — Modell des Thermomultiplikators und der Thermosäule. — Tabelle der Schwingungszahlen. — Zwei unisone Stimmgabeln auf Resonanzkasten. — Eine Stimmgabel zum Schreiben von Schwingungscurven. — Offne Röhre mit monometrischen Flammen — Elliptisches Gefäß zur Erzeugung von Wellen. — Regnaults Apparat zur Bestimmung des Siedepunktes — Monometer zur Messung des Gasdrucks

Für die **naturgeschichtliche Sammlung** wurde geschenkt:

Von Herrn Stein ein colymbus arcticus.

„ dem Sertaner Schober eine Schildkröte.

„ „ Quintaner Curtius ein Scorpion.

„ „ Realsekundaner Davidis ein Pfeifenfisch.

Angeschafft wurde ein Präpariermikroskop.

Für das **chemische Laboratorium** wurde geschenkt:

Von Hr. Siegfr. Stein 2 Platintiegel.

Für alle in Obigem aufgeführten Geschenke spreche ich im Namen der Anstalt hiemit öffentlich den gebührenden Dank aus.

V. Anordnung der öffentlichen Prüfung und Schluß

Montag den 31. August, Morgens 8 Uhr, Prüfung des Gymnasiums.

Sexta. Geographie. Foltz.

Quinta. Rechnen. Werth I.

Quarta. Geschichte. Bouterwek.

Tertia Mathematik. Gallien.

Secunda. Ovid. Wilms.

Prima. Sophokles. Eichhoff.

Nachmittags 2 Uhr, Prüfung der Realschule.

Quarta. Geographie. Hofmann.

Tertia. Französisch. Klante.

Secunda. Latein. Kirchner.

Prima. Physik. Krumme.

Abends 6 Uhr, Schauturnen der 1. Abtheilung in der Turnhalle der Anstalt.

Dienstag den 1. September, Morgens 9 Uhr, Schlußfeier des Gymnasiums und der Realschule und Entlassung der Abiturienten.

Gesang: „Herr unser Gott, wie groß bist Du!" von J. Schnabel.

Richard Curtius, Sertaner: Die Glücklichen, von Ernst von Feuchtersleben.

Friedrich Müller, Quintaner: Deutschlands Wächter, von Wolfgang Müller.

Hermann vom Rath, Gymnasialquartaner: Klagelied Kaiser Otto des Dritten, von A. von Platen.

Arthur Brockhoff, Realquartaner: Die Auswanderer am Orinoko, von A. Bube.

Ernst Majert, Realtertianer: Uhlands Luck of Edenhall translated by Longfellow.

Wilhelm Flastamp, Gymnasialtertianer: Die Schlacht, von Schiller.

Hugo Pieper, Realsekundaner: Die Schlacht bei Morgarten, von H. von Mühler.

Ernst Hengstenberg, Gymnasialsekundaner: Das Siegesfest, von Schiller.

Friedrich Curtins, Abiturient der Realschule: Lui (Napoléon) von Victor Hugo.

Gesang: „Auf, ihr Brüder, laßt uns wallen," von J. H. Stunz.

Edmund Fuchs, Gymnasialabiturient: Πόνος εὐκλείας πατήρ lateinisch, eigne Arbeit.

Richard Lü⸏ Gymnasialprimaner: „Es ist die Treue der Deutschen, die sich in ihren Volksep ein un‐ vergängliches Denkmal gesetzt hat. Eigne Arbeit."

Gesang: „E⸏r, wo der Frühling wohnt?" von C. Greger.

Entlassung der Abiturienten durch den Direktor.

Gesang: „Von⸏nd Thal und Hügel lacht uns Segen," von Sörensen.

Nachmittags 2 Uhr, P⸏fung der Vorschule.

Gesang. III. Klasse. Lesen Schultze.

Gesang. II. Klasse. Rechnen. Schuh.

Gesang. I. Klasse. Deutsch und Hersagen. Werth II.

Zur Nachricht.

Die Ferienschule für die drei unteren Klassen des Gymnasiums und der Realschule, welche in diesem Jahr von den Herren Dr. Foltz und Werth I geleitet werden wird, beginnt mit dem 7. September, Morgens 8 Uhr, und sind die nur bedingt versetzten hiesigen Schüler zur Theilnahme an derselben verpflichtet.

Das neue Schuljahr wird in der Vorschule am 30. September mit der Aufnahme resp. Prüfung der neu eintretenden Schüler, im Gymnasium und der Realschule am 7. Oktober mit der Prüfung der am 5. oder 6. Oktbr. in den Morgenstunden bei dem Unterzeichneten anzumeldenden neuen Schüler eröffnet.

Bei der Anmeldung sind die Zeugnisse der früher besuchten Anstalten vorzulegen.

Für die angemessene Unterkunft auswärtiger Schüler ist bei Lehrern der Anstalt, in dem Pensionate des Hrn. Beielstein und in Bürgerfamilien hinreichende Gelegenheit vorhanden; sie bedarf indeß der Genehmigung des Unterzeichneten.

Eichhoff.